KB117429

메리골드

딜리트

DELETE

설재인 장편소설

다섯
책방

프롤로그

　해수와 진솔은 부모의 동행 없이 둘이서만 장례식 조문을
간 적이 있었다. 2학년 때 같은 반이었던 친구의 부모님 장례
식이었다. 교통사고로 부모님을 한꺼번에 잃은 친구는 서 있
을 기력조차 없는지 빈소에 딸린 방에 누워 계속 흐느끼기만
했다. 해수와 진솔은 친구 대신 두 손을 모으고 서 있는 친구
의 삼촌에게 절을 했다. 그리고 어른들이 시키는 대로 테이블
에 앉아 소고기뭇국에 밥을 말아 목구멍으로 넘겼다.
　"중학교 3학년밖에 안 되었는데 부모를 다 잃다니, 저 어
린 것이."
　옆 테이블에 있는 어른들이 혀를 차며 밥을 먹었다.

진솔은 장례식장이 난생처음이었다. 그래서 화장실에 간 해수를 기다리며 옆 빈소를 힐끗거렸다. 실은 내내 궁금했다. 그 빈소에서 사람들의 울음소리가 너무 많이 났기 때문에, 그리고 교복 입은 아이들이 아주 많이 들락거렸기 때문에. 해수가 큰 볼일을 본다고 해서 시간이 좀 있었다. 진솔은 장례식장 복도를 왕복으로 몇 번이고 횡단했다. 오로지 그 빈소가 궁금해서. 아주 천천히 발을 끌면서 몰래몰래 관찰했다. 그러다 불현듯 영정 사진 속 사람과 눈이 마주쳤다. 죽기에는 굉장히 어려 보이는, 교복 같은 옷을 입은 사람. 그 순간 진솔은 자신도 모르게 발을 멈추었다.

상복을 입은 중년의 남녀가 구겨진 상자처럼 주저앉아 있었다. 그러다 장례식장 직원으로 보이는 사람이 다가가 어머님 아버님, 하고 말하자 서둘러 일어섰다. 진솔은 눈을 둥그렇게 떴다. 어머님 아버님? 그럼, 자식이 죽은 건가? 왜? 나보다 나이가 많은 것 같지도 않은데, 왜? 진솔은 이런 생각을 하며 멀뚱멀뚱 빈소를 주시했다.

그때 누군가 진솔을 가볍게 밀쳤다. 검은 정장을 입은 남녀 대여섯 명이었다. 연령대는 좀 다양해 보였다. 그들이 신발을 아무렇게나 벗더니 빈소 안으로 들어갔다.

"교장선생님이십니다……."

검은 정장을 입은 한 사람이 말하는 것과 동시에, 해수가 손을 털며 화장실에서 걸어 나왔다. 이제 가자고 해수가 말했다. 진솔은 옆 빈소의 상황이 못내 궁금했으나 남의 장례식장에서 눈을 희번덕대는 건 아무래도 양심에 찔리는 일이라 빠르게 돌아섰다. 해수와 팔짱을 끼고 지상으로 나가는 층계에 발을 디디려는데, 등 뒤에서 고함들이 삐죽삐죽 솟아 나왔다.

"……학교에서 하란 대로……!"

"……실장이란 새끼가……!"

"……해 주겠다고……!"

그 고함들의 앞뒤가 다 잘려서 진솔은 고개를 갸웃했지만, 그대로 기억에서 빠르게 잊혔다. 장례식장에서 벗어난 둘은 낯선 마을버스를 타고 가까운 지하철역으로 향했다. 그 역에는 한국 최대 규모의 놀이공원이 연결되어 있어서 언제나 사람이 많았다. 그러나 진솔은 그곳에 가 본 적이 없었다. 해수 역시 비슷할 것이었다. 진솔은 모르는 척 놀이공원으로 연결되는 출구를 지나쳤다. 여전히 해수와 함께였다.

해수가 옆에서 말했다.

"……우리 옆 빈소, 자살한 고딩이래. 화장실에서 들었어."

그 말에 진솔은 아무렇지 않은 척, 누가 들어도 허세인 게 빤히 보이는 말투로 대답했다.

"좋겠다."

해수가 진솔을 쳐다보았다.

01

제대로 된 부모 노릇을 하는 사람은 자식에게 사랑하는 법을 가르쳐 주는 사람들일까. 그렇다면 자신의 부모는 부모 노릇을 하는 사람이 아니라고 진솔은 생각했다. 나는 사랑이 무엇인지도, 사랑하는 방식이 무엇인지도 모른다고. 자신에게 사랑을 가장 많이 알려 준 사람은 오히려 동갑내기 친구라고 해야 옳다고.

그 이야기를 해수에게는 하지 않았다. 키는 진솔보다 머리 하나쯤은 더 크고 제법 토끼 같이 생겼으면서 겁도, 걱정도 토끼처럼 많은 해수가 행여나 자신의 마음을 알아채고 부담스러워 할까 봐 두려웠다. 따돌림당하던 자신에게 동정 어린 손을 내밀어 준 게 해수였으니까, 그래서 언제든 도망갈 수도 있다고 진솔은 반대로 생각했다. 너무 착한 해수가, 답답할 정도로 남의 눈치를 많이 보는 해수가 나를 참아 주고 있는 건 아닐까. 진솔은 항상 그런 생각을 했다.

힘들었던 시절에 자신을 돌봐 준 것은 해수였다. 부모가 아니라. 나는 부모를 사랑하는 걸까. 스스로에게 물을 때마다 고개가 절로 돌아갔다. 자신이 기억하는 한 언제나 부모의 '워너비'는 상류층이었다. 학벌과 성공, 돈과 '사' 자 직업. 다섯 살 때부터 온갖 종교 시설을 함께 다니며 부처님에게, 예수님에게, 하나님에게 빌어야 했다. 그들의 기대만큼 외동딸 진솔이 똑똑하지 않다는 것을 받아들이지 못해서 학원 뺑뺑이를 돌리고, 고액 과외를 시키고, 총명탕을 지어 먹였다. 무엇보다 그들은 "나는 그런 공부로 이루는 성공에는 관심이 없다"라고 하는 진솔의 말을 거짓이라 확신했다. 그저 실망하지 않기 위해 하는 변명이라 생각하며 호되게 야단을 쳤다. 방학 때는 진솔을 아침 10시부터 밤 10시까지 운영하는 수학 학원에 보냈다. 매끼의 식사 시간이 고작 20분이어서 컵라면과 삼각김밥을 먹다 체하기 일쑤였다.

사실 공부를 해야 하는 사람은 자신이 아니라 해수라고 진솔은 생각했다. 물론 해수는 절대 아니라며 손을 절레절레 흔들고 얼굴을 빨갛게 붉힐 테지만. 해수는 책이나 다큐멘터리를 좋아했고 학원 한 번 안 다녀도 이런저런 교내 대회에서 장려상을 자주 탔다. 장려상이야말로 진짜라고 진솔은 매일 강조했다. 그 위의 상들은 다 과외발 학원발에 엄마 아빠가 대신해 준 게 분명하다고. 장려상을 탄 너야말로 꼼수 부리지 않은 진정한 승자라고. 매일 모니터와 핸드폰 화면에 뜨는 그래프의 낙폭이나 보고, 온종일 얼굴과 몸을 찍은 사진들을 포토샵으로 보정이나 하고, 하루에도 스무 상자씩 택배를 받고 보내는 해수의 부모는 모르는 해수의 재능을 진솔은 알 수 있었다. 해수는 좀 더 나은 세상과 큰 이상을 바라보며 공부해야 하는 사람이었다. 그리고 착한 해수 옆에는 자기 몫을 뺏기지 않도록 챙겨 줄 동반자가 필요했다.

누군가 도와준 게 분명한 성과물로 떵떵대는 애들보다 자신의 열 손가락으로 무언가를 이루어 내는 해수가 훨씬 더 대접받아야 한다고, 진솔은 믿어 의심치 않았다. 해수가 가장 빛나는 그 순간에 내가 가장 크게 박수를 쳐 줄 거야. 해수가 부담스러워 할까 봐 말하지 못한 진솔의 마음은 그렇게 짙었다.

02

　"요새 누가 대학 잘 가야 한다고 하냐? 그런 말 하는 놈 있으면 손절 쳐. 시대가 어느 시대인데."

　해수가 담임과의 상담 내용을 말하고 있는 순간에도 아빠는 모니터에서 눈도 떼지 않고 왼손만 까딱거렸다.

　"야 인마, 아빠 말 들어. 아빠가 오늘 얼마를 벌었는지 아냐? 너희 담임 연봉만큼 벌었어, 인마."

　그래서 고등학교를 어디로……. 작게 묻는 해수의 말을 다시 아빠가 잘랐다.

　"저번에 말한 건 똥구멍으로 들었냐? 어? 거기 가면 된다니까, 여자애들 교복도 얼마나 예쁘고, 어? 괜히 분위기에 휩

쓸려 어쭙잖은 대학 가서 등록금 낭비하는 것보단 그게 백 퍼 이익이라니까. 문해수. 정신 차려라, 어? 여자애가, 헛바람이 단단히 들어서는.”

그러더니 여지없이 말하는 것이었다.

“너, 그러다 네 고모 꼴 난다.”

죽은 고모는 해수가 가장 좋아하던 어른이었지만, 지금은 부당하게도 엄마 아빠의 입을 통해서나 존재했다. ‘고모 꼴’이 라는 단어의 형태로.

나는 이 집안의 돌연변이가 아닐까? 해수는 어렸을 때부터 자주 생각했다.

공부하는 게 좋았다. 점수나 등수는 정말로 상관없었다. 머 릿속 세계가 넓어지는 데서 오는 희열이 있었다. 뿌옇던 인식 이 갑자기 맑아지는 순간이 행복했다. 이 땅의 작동 원리를 알 기 전부터, 그러니까 상위 교육기관에 진학할 수 있는 필요조 건이 부모의 지지와 화수분 같은 재력이라는 걸 알기 전까지 는 대학과 대학원과 유학 따위를 마구 꿈꾸었다.

그러나 아빠는 새로 뽑은 외제 차를 타고 학부모 회의에 한 번 다녀오더니 말했다. 야 인마, 아무도 아빠처럼 때깔 나 는 사람 없더라, 인마. 다 초라해. 누가 봐도 돈 없는 비렁뱅이 들. 선생이란 것들도 어쩜 그렇게 빈티가 나냐. 근데 그 사람들이 죄다 입시가 어쩌고저쩌고. 야 인마, 거기서 아빠보다 좋은 차 탄 사람이 한 명도 없다고. 다 멍청이들이지. 돈을 퍼담을 수 있는 데가 바로 여긴데.

그러면서 모니터를 손톱으로 톡톡 두드렸다.

엄마도 마찬가지였다. 엄마는 훨씬 현실적인 수치들을 증거로 들었다. 전교 1등을 밥 먹듯 했다던 너희 학교 초임 교사는 한 달에 겨우 200만 원을 받는데, 엄마는 집에 가만히 앉아서 사진 찍는 것만으로 10분 만에 그 돈을 벌었다고. 4년 치 사범대 등록금을 쏟아붓고도 겨우 그 정도라고.

"그렇게 수익이 안 나는 투자가 또 있니? 그런 것에 사람들이 목숨을 거는 게 우스운 거지. 그렇게 멍청하게 살다가 네고모 꼴 나는 거다."

해수는 갑부가 될 생각도 없고 그저 세상에 궁금한 게 많아 공부를 하고 싶을 뿐이었다. 하지만 엄마도, 아빠도 '헛된 돈'이 드는 것엔 냉혹했다.

자동차 엠블럼은 헛된 돈이 아니다.

매일 집에 오는, 뜯어 보지도 않는 택배도 헛된 돈이 아니다.

해수가 갖고 싶은 책과 교재는 헛된 돈이다.

그래도 고등학교에 가서 열심히 공부하면 달라지지 않을까. 배치고사를 잘 보면 장학금을 받을 수도 있고, 공부만 죽어라 하면 대학 입학 즈음에 장학생으로 선발될 수도 있을 것이다. 중학교 3학년 내내 해수는 그렇게 계획을 짰다. 생존 본능 같은 행위였다.

그러나 그 모든 꿈이 허물어진 것은 단 한 순간이었다.

"뭐 하러 인문계 가서 헛바람 들고 돈 쓰냐고. 아빠가 말했잖아, 고3 때부터 돈 착착 벌면, 어? 아빠가, 백배 천배 늘려 준다니까? 네 고모 같은 멍청이들은 평생 쥐꼬리만 한 월급 받고 아등바등 저축하면서 살아갈 거다. 그러니까 너는 고3 때부터 바로 취직해. 그럼 이 아빠가 그 월급, 아주 기가 막히게 불려서 줄 테니까. 너 인마, 몇 년만 지나면 공부도 일도 안 하고 아빠 덕에 놀고먹을 수 있게 된다니까? 아빠 못 믿어?"

"엄마가 얘기했지. 공부해서 잘되는 세상은 이제 끝났다고. 엄마 아빠 말만 믿고 따르면 인생이 알아서 착착 굴러갈 텐데, 왜 네 고모처럼 몸 축나는 길로 가려고 하니? 왜 쓸데없는 데 돈을 쓰려고 하냐고. 미치겠네, 돈 먹는 하마를 키우고 있네, 내가! 너 근데 살은 언제 빼니?"

03

해수가 서원정보고에 원서를 넣을 거라고 아이들이 수군
대는 것을, 진솔은 주워들었다. 말도 안 돼, 중얼거리면서도 왜
해수가 자신에게 말하지 않았는지 진솔은 확실히 알고 있었
다. 얼굴 맞대고 말하면 본론에 들어가기도 전에 울 게 분명하
니까. 학교 급식실에서 자신을 못 본 척하는 해수를 보고 확신
했다. 단둘이 함께해 온 시간이 얼만데. 모르면 바보다.

말도 안 돼. 집에 온 진솔이 손톱을 물어뜯으며 다시금 중
얼거렸다. 해수와 무조건 같은 학교로 갈 수 있을 줄 알았다.
해수와 진솔의 집에서 가장 가까운 고등학교, 형정여고로 갈
거라고 믿어 의심치 않았다. 중학교 3학년 때 다른 반이 되어

서 적잖이 서러웠는데, 형정여고는 학급 수가 적어서 같은 반이 될 확률이 높았다. 그걸 믿고 내년을 기다렸다. 그런데 해수가 서원정보고에 간다고?

"쌤…… 서원정보고는 어떤 학교예요?"

해수에게는 차마 물을 수 없어서 대신 담임에게 물었었다.

"옛날엔 양아치 집합소라고 그랬어. 요샌 취업률이 높아서 인기가 좀 있는데, 그래도 어른들 인식은 여전히 안 좋지."

"거기 가서 공부…… 할 수 있어요? 대학은요?"

"정진솔, 설마 너 서원정보고 생각하니?"

"혹시나 해서요……."

"아서라. 정진솔 넌 주변 환경이 중요해. 너, 친구 영향 엄청 많이 받는 거 알지?"

안다. 지금껏 집에서 쫓겨나지 않을 만한 성적을 유지할 수 있었던 게 뭐 때문인지. 다 진솔의 '주변 환경' 덕이었다. 불변의 주변 환경, 문해수. 해수가 도서관에 갈 때마다 쫄래쫄래 따라간 덕분이었다. 주말 아침에 해수를 만나 도서관에 가면, 해수가 점심 먹으러 가자고 할 때까지 안간힘을 쓰고 엉덩이를 붙인 결과였다. 학원 뺑뺑이도 해내지 못한 해수의 업적이었다.

"그리고 너 부모님한테 아직 얘기 못 들었니? 이미 쌤이 엄마 아빠랑 다 상담했는데. 무슨 정보고는 정보고야. 너 이거나 읽고 와. 여기 맞춰서 쓰면 쌤이 검토해 줄 테니까. 서류도 챙기고."

"이게 뭔데요?"

*

"우리 집이 왜 차상위계층이야?"

고기 냄새를 풍기며 들어온 엄마 아빠한테 진솔은 대뜸 물었다. 엄마 아빠는 지하철역 인근의 번화가에서 20년간 정육식당을 했다. 저녁이면 언제나 만석이었다. 한 번도 집이 못산다는 생각을 한 적이 없었다. 엄마 아빠는 학원도 싫다는 걸 억지로 보냈고 해외여행도 자주 갔으며 주말마다 부부 동반으로 골프를 치러 나갔다. 그런데 왜 담임이 준 서류에는…….

엄마는 우리 집만큼 사는 곳이 또 어디 있느냐며 콧방귀를 뀌었다. 그리고는 너 엄마 아빠 덕에 좋은 학교 가는 줄 알아, 하고 말했다.

"너 거기 원래 들어가기 얼마나 힘든 곳인지 알아? 거기 입학설명회 가 봤는데 세상에, 작년에 스카이를 도합 150명이나 보냈다더라."

"나 거기서 공부 못해. 잘하는 애들이 얼마나 많은데. 나 거기 가면 무조건 꼴찌라고."

"꼴찌 해도 가."

"뭐?"

"너는 아직 어려서 모르겠지만, 사회 나오면 연줄이 얼마나 중요한지 아니? 거기서 친구들이랑 친해지면 얼마나 좋아, 걔들 다 나중에 장관에 판검사 될 애들이잖니. 원래 우리나라에서는 인맥이 제일 중요해, 알지."

"인맥?"

"별 볼 일 없는 학교 가지 말고 거기 가서 꼴찌 해, 대신에 판검사 될 친구들 많이 사귀고. 걔네가 다 나중에 네 재산이라고, 재산."

그래서 나더러 지금 여길 가라고? 진솔은 손에 쥐고 있던 서류를 내려다보았다. 땀 때문에 손자국이 나 있는 서류를.

'서원외국어고등학교 신입생 입학전형 요강'. 그리고 담임이 형광펜으로 밑줄 친 곳에는 이런 내용이 적혀 있었다. '사회통합전형-기회균등전형(60% 우선 선발)-차상위계층'.

서류 넣으면 그냥 된다고 보면 돼, 하고 담임은 말했다. 면접에서 욕이라도 하지 않는 이상 말이야.

엄마와 아빠는 진솔의 대답을 듣지도 않고 휘적휘적 방으로 들어가더니, 빼꼼 문을 열고 소리쳤다.

"다음 주 목요일에 자기소개서 컨설팅 예약했으니까 미리 좀 써 놔!"

"뭐?"

"50만 원짜리니까 돈 아깝지 않게 정성 들여 쓰라고!"

그러더니 다시 방으로 들어갔다.

진솔은 우두커니 서서 거실을 둘러보았다. 비싼 양주가 층층이 쌓인 장식장, 그 옆에 서 있는 엄마 아빠의 골프 가방, 베란다에 가득한 난과 수석, 지난달에 바꾼 소파, 커다란 벽걸이 TV 같은 것들을. 그리고 방금 들은 50만 원짜리 컨설팅의 존재를 헤아렸다.

이런 집에서 사는 내가 차상위계층이라고?

불가능했다.

그렇다면 답은 하나다. 거짓말. 나라에 거짓말을 한 것이다. 그러고는 그 혜택을 진솔더러 누리라 하는 것이다.

해수에게 이 이야기를 할 수 있을까.

진솔은 자신이 없었다. 서원정보고에 간다는 소문을 들은 이상 더더욱 불가능했다. 해수가 속상해할 게 분명했다.

그러나 결국엔 이야기를 꺼낼 수밖에 없다. 어쨌거나, 둘은 하루라도 대화하지 않으면 안 되는 사이니까.

04

진솔이 왜 그렇게 주저하며 말을 꺼냈는지 눈치 빠른 해수
는 바로 알아차렸다.

진솔은 자신이 해수의 기회를 빼앗았다고 여길지도 몰랐
다. 진솔은 항상 해수더러 너 같은 애야말로 공부해서 박사도
되고 논문도 쓰고 유명해져야 돼, 하고 말하곤 했으니까. 게다
가 해수가 서원정보고에 지원할 거란 사실을 먼저 알았으니,
자신이 서원외고에 지원할 것이고 이변이 없는 한 합격한다는
이야기는 더 하기 힘들었을 것이다.

그래서 해수는 먼저 말했다.

"잘됐네."

"어?"

"잘됐다고. 거기 외고랑 정보고랑 건물 딱 붙어 있잖아. 우리 같이 학교 갈 수 있겠다. 어쩌면 가끔 쉬는 시간에 만날 수 있을지도 몰라."

그러더니 조금 시간차를 두고 덧붙였다.

"물론 집에는 같이 못 오겠지만……. 정보고는 두 시면 끝난대. 보니까, 외고생들은 다 밤에 오던데."

진솔은 멍하니 해수를 보다가 물었다.

"너는 화가 안 나?"

"왜 화가 나?"

"우리 집이 차상위라잖아. 말이 돼? 우리 집에 돈이 없대. 내가 요강인가 그 서류 보니까 등록금 지원까지 해 준대. 우리 집이 차상위? 말도 안 된다고. 우리 엄마든 아빠든 분명히 허위신고를 했을 거야."

해수는 열을 내는 진솔의 얼굴을 쳐다보았다. 해수는 진솔이 항상 솔직하게 감정을 표현하는 것이 좋았고, 그 감정의 방향이 자신이 꽁꽁 숨기는 생각과 항상 일치해서 좋았다. 진솔이 하는 말 덕분에 쌓인 체증이 내려가는 경험을 자주 했다. 그래서 진솔이 좋았다.

해수는 진솔이 그 학교에 간다고 해서 화나지는 않았지만, 진솔이 말한 대로 그 집이 나라에서 보기에 '못사는' 집이라는 사실은 못내 이상했다. 그러나 거짓으로 얻은 기회라 해도, 진솔의 잘못이 아니었다. 진솔은 원하지 않은 것이었다. 게다가……

"원래 어른들은, 그런 식으로 이득을 얻지 못하면 바보라고 답답해하잖아."

어른들은 이득을 볼 길이 있으면 어떻게든 눈부터 밝히고 보니까.

*

해수를 만나러 간다고 하면 부모님은 좋아했었다. 공부 잘하는 애, 공부시키는 애니까. 분명 몇 주 전까지만 해도 그랬다. 그러나 담임과 한 차례 더 상담을 하고 돌아오던 날, 엄마는 딱 잘라 말했다.

"걔 만나지 마."

"뭐?"

"걔랑 놀지 말라고. 나는 세상에, 좀 정신머리 있는 애인 줄 알았더니 웬 정보고 얘기가 나오니?"

"엄마가 해수 좋다며. 해수가 나 공부시킨다고 좋아했잖아."

"실업계 간 이상 애 물드는 거 한순간이다. 너 절대 걔 만나지 마. 알았어? 지금부터 천천히 정리해. 너도 참 속없다. 걔가 나중에 지 인생 망하고 너한테 달라붙을 거 상상하면 엄마는 피가 다 거꾸로 솟는데. 지금부터 작업 들어가는 건지 어떻게 알아?"

엄마가 내뱉는 말들은 별로 믿을 수 없어서 대꾸하지 않았는데도 엄마는 지치지 않았다.

"인생 멋대로 살면 좋지, 지금이야. 나중에 후회하지 말고 약게 살아, 약게. 그런 애는 자기 멋대로 살게 내버려 두고 너는 좀 똑똑하게 굴란 말이야."

"토할 거 같다."

진솔의 말에, 엄마는 하나도 상처받지 않은 표정으로 대꾸했다.

"나중에 우리 어머니 감사합니다, 어머니 덕에 성공했습니다, 하고 큰절할 때가 올 거다, 너. 두고 봐."

*

둘은 원서를 내고 별 이변 없이 합격했다. 그리고 함께 교복을 사러 갔다.

나도 너네 집 가 보고 싶어. 네 방 어떻게 꾸몄는지 진짜 궁금해. 진솔은 자주 그렇게 말했다. 그러나 해수는 아빠가 내내 팬티 바람으로 앉아 모니터만 뚫어져라 보는 집으로 절대

진솔을 들일 수 없었다. 그래서 그냥, 아빠가 계셔서 불편할
거야, 라고 말하며 어떻게든 화제를 돌렸다.

둘은 진솔의 집으로 와서는 대충 피팅하고 사 온 교복을
다시 입어 보았다. 어차피 엄마 아빠 모두 고깃집에 출근한 후
였으니 걸릴 염려는 없었다.

"정보고 교복 예쁘다."

진솔이 말했다. 해수는 재킷의 단추를 느릿느릿 채우고 있
는 진솔의 모습을 바라보았다. 진솔은 입을 삐죽거리고 있었
다. 서원외고 교복은 촌스러운 것으로 유명했다.

"진짜 못생겼네. 이거 입으면 쪽팔려서라도 교실에 처박혀
있게 될 거야."

해수는 아니라고 말하고 싶었다. 서원외고 재학생들이 얼
마나 교복을 자랑스러워 하는지 말하고 싶었다. 그러나 해수
는 그저, 금방 익숙해질 거야, 그리고 너는 핏이 워낙 좋잖아,
하고 다른 대답을 해 주었다.

"난 하나도 기대가 안 돼. 분명 왕따당할걸. 공부도 못하고.
그리고 선생들도 은근 사회통합으로 들어온 애들은 차별한대.
원래 모르던 애들도 금방 알아챈대, 누가 사통인지."

해수는 대답했다.

"잘되겠지. 좋은 마음 가지고 들어가자."

"너는 자유롭겠지? 나도 자유로운 학교 가고 싶다……. 그

리고 해수 너는 맨날 전교 1등 할 거잖아. 그러다 서울대 가는 거 아니야? 그러면 나랑 안 놀아 주는 거 아니야?"

입술을 꾹꾹 깨물며 속내를 눌러 담아 감추는 게 익숙한 해수는, 아빠가 대학은 꿈도 꾸지 말라고 을러댔다는 말은 아직 하지도 못했다.

진솔이 말을 이었다.

"나 거기 홈페이지 들어가 봤는데 되게 재밌어 보이더라. 신기한 교과목도 많고. 실습실 사진도 보니까 엄청 신기하던데. 나도 거기 가고 싶어. 너랑 같이 재미있는 거 배우고 싶어."

진솔이 해수 쪽으로 훌쩍 뛰더니 몸을 굽혔다. 그러고는 해수의 목 쪽으로 손을 뻗었다. 어깨에 팔을 턱 올리거나 조물조물 팔뚝을 만진 적은 많았지만, 정면에서 얼굴을 마주 보면서 다가오는 것은 처음이었다. 해수는 놀란 나머지 숨을 멈추었다.

"너네 교복에서, 특히 이거. 이게 너무 예쁨."

진솔은 해수의 블라우스 깃 아래를 둥글게 감싸고 있는 목걸이를 만졌다. 남학생들이 넥타이를 매는 것처럼 서원정보고 여학생들은 목걸이를 차야 했다. 조악한 모조 보석 같은 커다란 펜던트였다. 정보고 학생들은 모두 개 목걸이라고 부르는 것이었다. 우리를 옭아매려는, 주인을 표시하는, 스스로는 풀 수 없어 계속 목이 조여도 참아 내야만 하는 개 목걸이.

진솔이 펜던트를 어루만졌다. 해수는 진솔이 무슨 생각을 하는지 알아차렸다. 내리깐 진솔의 눈에 어리는 속눈썹의 그림자만 보아도 알 수 있었다. 진솔의 성격이라면, 이미 서원정 보고에 대한 모든 정보를 찾아보았을 터였다. 안 좋은 것까지, 전부 다.

고마웠다.

"내 걱정은 안 해도 괜찮아."

해수는 말했다.

"너랑 맨날 볼 건데 뭐. 너는 등교 시간이 몇 시라고 했지?"

"일곱 시 사십 분."

해수의 등교 시간보다 50분이 빨랐다.

"같이 학교 가자. 나는 교실 일찍 가서 놀고 있을래. 어차피 집에 있어 봤자 불편하기만 해. 나, 엄마 아빠랑은 같이 밥만 먹어도 체하는 거 너도 알잖아."

진솔만 아는 사실. 진솔은 해수의 엄지손가락 아래를 꾹꾹 눌러 준 적도 있고, 눈살을 잔뜩 찌푸리며 바늘로 손끝을 따준 적도 있고, 배를 깔고 엎드린 해수의 등을 얹힌 것이 내려가게끔 발로 꾹꾹 눌러 준 적도 있었다.

둘만이 간직하는 일들이었다.

05

서원외고 입학 한 달 전 신입생 오리엔테이션이 있는 날, 진솔은 교복을 단정히 입고 교실로 갔다. 자리에 앉아 멀뚱멀뚱 앞만 바라보고 있는데, 같은 반 아이들이 서로 이름을 부르고 낄낄대면서 진솔이 모르는 이야기를 했다. 특목고 입시 카페와 면접 스터디 따위에서 만든 단톡방에서 서로 알게 되었다고들 했다. 이미 원서를 넣기 전부터 단체로 학원에 다니고, 과외를 받고, 서로 정보를 나누다가 친해졌다고. 진솔은 전혀 모르는 이야기였다.

해수에게서 메시지가 왔다. 정보고에서는 예비 소집 결석자가 많다고 했다. 서원외고 학급 오리엔테이션이 진행되던 교실 뒤쪽에는 학부모들이 바글바글했다고, 진솔은 왠지 말할 수가 없을 것 같아서 입을 꾹 다물었다. 또 누구의 아버지인지는 몰라도 어느 학부모가 손을 들고 예비 담임에게 물었던 질문에 대해서도 털어놓을 수가 없었다.

"옆에 서원정보고가 있는 게 면학 분위기를 해치지 않나요? 우리 아이들에게 해가 될 법한 학교를 이렇게까지 붙여놓다니, 재단 차원에서도 생각이 없는 게 아닌가 합니다."

1학년 부장이 답했다. 서원외고에서만 30년간 일한 베테랑이라고 했다.

"정보고 애들이랑 저희 애들은 마주칠 시간이 없습니다. 쉬는 시간, 점심시간, 체육 시간…… 다 엇갈리게 짰고 동선도 전혀 겹치지 않습니다. 우리가 50분 더 빨리 등교하고, 적게는 네 시간, 많게는 여덟 시간 더 늦게 하교합니다. 걱정하실 필요가 없습니다. 제가 장담합니다."

질문한 남자는 마지못해 받아들여 준다는 듯 고개를 천천히 끄덕이더니 팔짱을 끼었다. 진솔의 옆에 앉아 있던 아이가 피식 웃더니 아주 조그맣게 말했다.

"누구 애비인지는 몰라도…… 존나 나대네."

진솔은 잠시 그 아이가 자신과 비슷한 루트로 입학한 게 아닐까, 그 친구도 나처럼 이 공간에서 적응하지 못하는 건 아닐까 기대했다. 하지만 이 일방적인 친밀감은 한 달 후의 입학식에서 증발되었다. 그 애는 신입생 대표로 선서를 했다. 오리엔테이션 날 봤던 시험에서 전체 1등을 했기 때문이었다. 교장이 그 애와 악수하며 머리를 쓰다듬었다. 아이들은 짤깍짤깍 박수를 치며 수군거렸다.

누군가는 그 1등 자리를 갖고 싶어 미칠 테지만, 진솔은 아니었기에 입학식이 진행되는 내내 강당의 창문만을 응시했다. 해수네 학교는 진솔의 학교보다 두 시간 늦게 입학식을 한다고 했다. 저 창문 밖으로 날아가면 해수가 다니는 학교로 건너갈 수 있었다. 입학식은 3월인데도 때 아닌 폭우가 쏟아졌다. 눅눅한 냄새가 강당에 가득했다. 진솔은 잘 알고 있었다. 해수가 빗물 고인 땅바닥을 잘박대며 걷는 소리를. 그 소리를 들으려면 자신이 세 시간을 기다려야 했다. 한 시간 뒤 외고 입학식이 끝나고 바로 이 강당에서 열릴 정보고 입학식이 마무리될 때까지.

세 시간은 생각보다 짧았다. 버스정류장에서 비를 피하며 핸드폰으로 유튜브 영상 몇 개를 보니 금방 지나갔다. 다만 참견하는 어른들을 보내야 하는 게 문제였다. 처음 한 시간은 진솔처럼 갓 입학식을 끝낸 아이를 차에 태우고 가던 부모들이 차창을 내리고 왜 거기 있느냐고 외쳤다. 그다음에는 퇴근하는 선생들이 똑같은 물음을 반복했다.

"정보고 친구 기다려요!"

폭우 소리에 묻힐까 봐 크게 소리를 질렀는데, 그때마다 어른들은 묘한 표정을 짓더니 창문을 올리고 갈 길을 갔다.

마침내 해수가 모습을 드러냈다.

"나 왔어."

"어땠어?"

진솔의 물음에 해수는 희미하게 웃으며, 뭐 그냥 입학식인데 다를 게 있어? 하고 대답했다.

"반 친구들은 어때?"

"모르겠어. 정신이 없어서 기억이 잘 안 나. 앞 번호 애랑만 간신히 인사했어. 걔가 먼저 말 걸어서."

더 물어보기도 전에 세 시간 동안 몇십 번이나 보낸 버스가 왔다. 진솔은 해수를 먼저 버스에 태우고 자신도 서둘러 우산을 접었다. 우산에서 후두둑 물방울이 떨어졌다. 버스에 들어서니 해수가 2인용 자리에 앉아 기다리고 있었다. 버스는 몹시 경사진 길을 덜컹거리며 내려갔다.

"와 씨, 이 버스를 맨날 어떻게 타고 다니냐."

진솔의 말에 해수가 물었다.

"너네 학교에 스쿨버스 있지 않아?"

"비싸. 그리고 우리 동네로는 안 온대."

차상위계층이기 때문에 스쿨버스 비용을 지원받을 수 있

고 집 가까운 데서 탈 수도 있었지만, 진솔은 거짓말을 했다. 무엇보다 똑같은 곳에 위치한 똑같은 재단의 두 학교 중 한 곳에만 스쿨버스가 있다는 사실이 너무 이상하게 느껴졌다.

"우리 내일부터 열 시까지 야자한대. 미친 거 아니야? 수업한 것도 없는데 무슨 자습을 해?"

"책 읽으면 되지."

"책 읽는 거 안 된대. 규칙 위반이래. 그건 공부가 아니란다."

해수가 입을 일그러뜨리고 우스운 표정을 짓더니 말했다.

"이상한 학교네. 나 거기 들어가면 하루 만에 포기하고 나올 것 같아."

진솔이 웃음을 터뜨렸다. 이렇게 공부만 죽어라 시키는 학교에는 해수가 와야 하는 게 아닐까, 해수가 앉아야 할 책상을 내가 혹시 뺏은 것은 아닐까. 해수의 얼굴을 마주할 때마다 느꼈던 이상한 미안함이 그 말 한마디로 조금은 허물어졌기 때문이다.

물론 해수가 말하지 않은 것은 아주 많았다.

입학식인데도 여기저기 비어 있던 자리. 선생들의 표정에서 느껴지는 무성의함. '4차 산업혁명 시대 융합형 인재가 되는 법'이란 제목으로 특강을 하러 온 외부 강사가 마이크를 잡자마자 "특성화고 왔으면 대학은 잊어라!" 하고 자랑스럽게 을러댔다는 이야기. 그 강사가 선창하면 곧이어 학생 전원이 "100대! 기업! 취직! 성공!"을 시큰둥하게 외치던 풍경. 목소리가 크지 않자 눈을 부라리던 해수의 담임. 그런 걸 말하지 않았다.

"내 친구네는 입학식 때 심리 상담이랑 레크리에이션 했다는데."

입학식을 마치고 학급별 마무리를 위해 교실에 들어설 때 한 아이가 대뜸 말했다. 그러자 옆에 있던 아이가 대답했다.

"그런 게 취업에 필요하냐? 어차피 노잼인데. 차라리 이게 낫지."

"하긴 그 말이 맞다."

"근데 학교 시설 진짜 존나 구리네. 오면서 실습실 봤는데 아무것도 없던데? 내가 본 사진은 뭐지?"

그러자 교실 맨 뒤에 앉아 있던 아이가 그것도 모르고 왔나, 하고 투덜거렸다.

"서원외고에 돈 몰빵하는 재단인데 뭘 바라. 다 구라인 거 모르고 왔나."

그 말에 득달같이 달려들어 묻는 아이도 있었다.

"뭐가 구라야? 너 뭐 알아? 아 씨, 난 홍보물 보고 왔는데?"

담임이 공지도 없이 늦자 아이들은 금세 말을 트고 떠들썩해졌다. 서원정보고의 실상이 소문보다 더 안 좋다는 사실을 해수는 그때 확실히 알게 되었다. 억지로 원서를 쓰고 나서 찾아본 학교 홍보물에 나오는 꿈같은 이야기를 다 믿지는 않았지만, 그래도 근거가 있을 거라 믿었는데. 고등학교 진학 커뮤니티에는 온통 특목고나 자사고에 대한 정보만 있어서 확인할 수 없었다. 서원정보고에 대한 암울하고도 솔직한 이야기들은 알음알음 입에서 입으로만 전해졌다. 절대 밖으로 노출되지 않았다.

재단에서 서원정보고를 만든 이유는 인력을 헐값으로 기업에 공급하여 재단과 기업 사이의 결속을 강화하기 위해서라고 아이들은 쑥덕거렸다. 취업률을 높이려고 아이들을 전공과 상관없는 악질 기업에 취직시키는 것은 예사이고, 선생들은 대부분 외고에서 근무하다 나이가 많거나 수업을 못한다는 이유로 좌천된 사람들이라서 아무런 의지가 없으며 매일 '기초 없는 돌머리들' 탓만 한다고 했다. 살길은 알아서 찾아야 하고, 선생들이 가르쳐 주는 것은 아무것도 없으니 얼른 좋은 선배를 '뚫어서' 선배에게 가르침을 받아야 한다고도 했다.

"너희 담임은 어때, 첫인상?"

진솔이 말을 거는 바람에 해수의 생각이 뚝 멈추었다.

"그냥 할아버지야."

아 씨, 쟤만 안 걸리면 그래도 괜찮다고 그랬는데……. 담임이 들어올 때 뒤에 앉아 있던 아이가 나직하게 하던 말을 해수는 진솔에게 전하지 않았다.

"너는?"

"우린 완전 젊은 남자. 영어 쌤이래."

비탈길을 다 내려온 버스가 지하철역 인근으로 접어들었을 때쯤 빗줄기는 앞이 보이지 않을 정도로 거세졌다. 아직 겨울 티를 벗지 못한 날씨에 비바람까지 부니 온몸이 추워 진솔의 이가 아래위로 딱딱 부딪쳤다. 입학식 날만큼은 패딩이나 코트 없이 정복 차림만 허용하겠다는 교감의 으름장 때문에 교복 재킷만 입고 있었기에, 그리고 그 재킷이 온통 젖었기에 추위는 더 심했다. 우산을 접고 지하철역에 들어서자마자 해수가 가방과 패딩을 아무렇게나 바닥에 내려놓더니 비에 젖지 않은 보송보송한 자신의 재킷을 벗어서 진솔에게 내밀었다.

"나 때문에 너 감기 들면 어떡해. 그 위에 걸쳐."

"젖을 텐데. 내일도 안 마를걸."

"괜찮아. 보니까 어차피 아무도 재킷 안 입고 다니더라."

진솔은 해수의 재킷을 어깨에 걸쳤다. 진솔의 것보다 어깨 부분이 좀 더 넓어서 대충 걸쳐도 흘러내리지 않았다. 해수는 블라우스 위에 축축한 패딩을 그대로 다시 입고 지퍼를 목 끝까지 올렸다. 펜던트의 빛이 사라졌다.

*

해수는 현관문을 열고 집으로 들어갔다. 아빠는 여전히 모니터에, 엄마는 핸드폰에 고개를 처박고 있었다. 싱크대에는 고기 기름이 허옇게 굳은 플라스틱 용기들이 아무렇게나 널브러져 있고, 그 옆에는 종이 용기 안에 먹다 남은 떡볶이가 들어 있었다. 철 이른 날벌레들이 그 위를 더듬었다. 고기는 아빠 것, 떡볶이는 엄마 것. 그리고 설거지는 나의 몫……. 해수는 아무 말 없이 고무장갑을 꼈다. 부엌에서 물소리가 들려도 누구 하나 쳐다보는 사람이 없었다.

마치 그 일을 하기 위해 태어난 사람인 것처럼 설거지에 몰두하면서, 해수는 진솔과 다니던 도서관을 떠올렸다. 평일 내내 학원 뺑뺑이를 도는 진솔에게 미안해서 도서관 말고 다른 곳에 가도 괜찮다고 몇 번을 말했지만 진솔은 막무가내였다. 나 컵라면 먹고 싶어, 라고 진솔은 말했다. 다른 데서 컵라면 먹으면 그 맛이 안 난단 말이야.

진솔이 아니었다면. 혼자서 그 시간들을 견뎌야 했다면.

설거지를 마치고 방에 들어간 해수는 가방의 지퍼를 열고 파우치를 꺼냈다. 그 안에는 철로 된 꼬리빗이 하나 들어 있었다. 빗의 손잡이는 아주 날카로웠지만, 해수는 탐탁지 않았다. 조금 뭉툭해진 것 같기도 했다. 서랍에서 손안에 쏙 들어오는 돌을 하나 꺼내고는 천천히 손잡이를 갈았다.

엄마 아빠가 거실에서 물건을 던지며 싸우던 날, 해수는 처음 빗을 갈기 시작했다. 조금만 더, 조금만 더, 두 사람이 쌍둥이처럼 연발하면서도 버티고 있던 그래프가 무너져 내렸던 날이었다. 두 사람 다 똑같은 말을 했는데도 서로 힐난하더니 심한 욕이 오갔고, 마침내 세간이 부서지기 시작했다. 해수는 방문을 걸어 잠갔다. 그런데 그 소리를 들은 아빠가 더욱 날뛰더니 곧 문에서 쿵, 쿵, 하는 소리가 났다. 무언가 무거운 것으로 문을 부수기 시작하는 소리가.

해수는 무기가 될 만한 것을 찾아 방을 뒤졌다. 한참을 뒤져 겨우 손에 넣은 게, 한때는 엄마의 것이었던 철로 된 꼬리 빗이었다. 그걸 거꾸로 쥐었다. 철 꼬리빗은 보통 친구들이 쓰는 것과 달리 손잡이가 송곳처럼 날카로웠다. 그러니 아주 무력한 무기는 아닐 터였다.

그날 엄마와 아빠는 제풀에 지쳤는지 화해를 한다며 함께 밖으로 나가 버렸다. 와인에 만취한 두 사람이 어깨동무하고 들어오기 전까지 해수는 어질러진 거실을 청소했다. 그리고 깨져 버린 수석 조각 하나를 방으로 가져와서는 거기에 대고 빗의 꼬리를 천천히 갈기 시작했다. 세 시간 후 엄마의 SNS에는 '#데이트' 해시태그를 단 와인바 사진이 올라왔고 '좋아요' 수가 실시간으로 높아졌다. 저런 남편이 있어서 행복하겠다는 댓글이 수없이 달렸다. 그 댓글들을 다 볼 때쯤 빗은 해수가 원했던 만큼 날카로워져 있었고, 안방의 문틈으로 두 사람이 코를 고는 소리가 새어 나왔다.

방어용으로 갈기 시작한 빗은 언제부턴가 해수의 허벅지를 찌르는 용도로 더 많이 사용되었다. 욕설이 들릴 때마다, 그래프가 떨어질 때마다, 서로를 탓하는 저주의 말들이 메아리칠 때마다 해수는 빗을 꺼내 사타구니에 가까운 허벅지 안쪽을 찔렀다. 아무도 보지 못할 곳을. 피가 나면 정신이 맑아졌고 무섭게 뛰던 심장이 차분해졌다. 그러면 알코올 솜을 꺼내 상처 부위를 따갑도록 문질렀다.

처음에는 집에서만 그랬는데 점점 충동을 참는 게 힘들어졌다. 학교에서도, 도서관에서도 불현듯 허벅지가 근지러우면 빗을 들고 화장실로 뛰어갔다.

진솔이 해수에게 남다른 관심을 보이지 않았거나 도서관까지 쫓아오지 않았다면 해수는 절대 그 버릇을 고치지 못했을 것이다. 여름이어서 짧은 반바지를 입고 있었고, 지혈이 안 되어 전전긍긍하다가 결국 에라 모르겠다, 하고 화장실을 나와 자리로 돌아온 날이었다. 해수의 다리를 본 진솔은 즉시 해수의 손목을 잡고 화장실로 달음질쳤다. 제일 깨끗한 칸에 해수를 밀어 넣고는 그 안으로 같이 들어가 문을 잠갔다. 그러고는 해수의 어깨를 찰싹 때리며 말했다.

"너 샜어."

그래서 해수는 어쩔 수 없이, 진솔을 안심시키려고 반바지를 들어 상처를 보여 주었다. 생리혈이 샌 게 아니라, 여길 다쳤을 뿐이라고.

이후 그 상처가 언제 아무는지 진솔이 내내 신경 쓸 줄은 꿈에도 몰랐고, 결국 빗에 묻은 핏자국 때문에 덜미를 잡혔다. 그리고 그날 진솔이 엉엉 우는 걸 보았다.

해수는 자신 때문에 누군가 울 수 있다는 사실을 처음 알았다. 너무 큰 잘못을 한 것 같아서 미안하다고 말하며 같이 울었고, 진솔은 네가 뭘 잘못했느냐고 신경질을 부렸다.

"답답하면 찔러. 근데 내 팔뚝을 찔러. 네 허벅지 말고. 부르면 무조건 올 테니까. 그때까지는 절대 금지야. 내가 맨날 검사할 거야."

그날 이후로 해수는 한 번도 허벅지를 찌른 적이 없었다. 진솔을 실망시키고 싶지 않았다. 그러나 빗을 갈아 놓는 버릇은 도저히 고쳐지지 않았다.

06

　서원외고와 서원정보고가 실은 하나의 건물이고 출입이 금지된 지하 통로로 연결되어 있다는 것을 먼저 알게 된 쪽은 해수였다. 입학한 지 겨우 일주일밖에 안 됐을 때 교실에서 아이들이 쑥덕거렸다.

　"그런 통로가 왜 있어?"

　"원래 건물을 다른 용도로 만들었다가 학교로 바꾼 거래."

　"학교가 장사가 잘되나?"

　"나야 모르지. 어쨌든 옛날엔 창고로 썼대. 선배들은 땡땡이칠 때도 가끔 갔다는데. 근데 몇 년 전에 거기서 사고가 난 후로는 아무도 안 간대."

무슨 사고? 수업 시간에 엎드려 자던 아이들도 고개를 쭉 빼고서는 눈을 반짝이며 물었다. 창밖을 바라보고 있던 해수도 귓바퀴가 그쪽으로 쫑긋 서는 것은 어쩔 수 없었다.

"거기서 누가 수면제 먹고 자살했대."

"대박!"

"누가? 학생이?"

"그럼 학교에서 자살했는데 학생이지 누구겠냐?"

누군가의 핀잔에, 소문을 물고 온 아이는 고개를 저었다.

"아니, 선생이었대. 서원외고 교사."

"헐."

"왜 죽었는지는 모른대. 유서에도 안 써 놨대."

"헐!"

"원래 그전에도 학생 출입 금지긴 했는데 그냥 쇠사슬로만 막아 놓고 문은 없었대. 근데 자살 사건 이후론 철문을 만들어서 잠갔다는데."

"어, 나 그 철문 아는 것 같은데. 식당에서 반 층 더 내려가면 있는 그거?"

*

"해수야. 나 너무 힘들어."

해수가 그 통로를 떠올린 것은 매일 아침 등교할 때마다 마주한 진솔의 낯빛이 그 옛날 고모와 비슷했기 때문이었다. 진솔은 온갖 숙제며 수행평가를 하느라 하루에 세 시간밖에 못 잔다고 했다.

"나 진짜 죽을 것 같아. 뒤통수가 너무 아파. 기억이 툭툭 끊겨. 근데 애들은 교실에서 자지 말래. 한 명이 자면 다 같이 자고 싶다고, 금지래. 자면 천 원 벌금이래. 반장이 정했어. 애들 다 미친 것 같아."

고모는 해수가 가장 좋아하는 어른이었다. 좋아하는 책도, 좋아하는 음악과 영화도 비슷했다. 만날 때마다 뮤지컬을 자주 보러 갔다. 고모, 이 책 재밌어. 해수가 말하면 꼭 읽고 나서 감상을 보내 주었다. 고모는 그런 사람이었다. 중소기업을 전전하다가 마침내 어느 대기업 입사에 성공할 때까지.

고모는 아주 열심히 일했다. 하루에 열여섯 시간씩 열심히 일하다가, 해수 아빠랑 가끔 만날 때면 자신이 '여자치고' 얼마나 빠르게 승진하고 있는지 자랑을 퍼붓다가, 어느 날 뒤통수가 당긴다고 말하더니 풀썩 쓰러졌다. 그러고는 다시는 만날 수 없는 사람이 되었다.

그때부터 아빠는 여기저기 벌이던 사업을 모두 그만두고 모니터의 그래프를 바라보는 삶에 빠졌다. 아빠가 클릭 한 번으로 월급의 몇십 배나 되는 돈을 벌자 엄마도 직장을 그만두고는 과하게 보정된 사진과 과대광고로 점철된 SNS 계정에서 물건을 팔았다. 동시에, 해수의 집에서는 '네 고모처럼'이란 말이 생겨났다. 멍청하다는 말과 동의어로 쓰였다. 해수는 그 말을 들을 때마다 온몸에 소름이 돋았다. 나중에 저승에 가서 엄마 아빠는 무슨 낯으로 고모를 보려고 저러나, 하고 생각했다.

해수가 보기에, 고모 얼굴을 닮아 가는 진솔에게는 잠이 필요했다. 그러나 진솔은 서원외고에 마음 놓고 잠을 잘 수 있는 공간은 없다고 단정 지었다.

혹시 그 통로를 지날 수 있다면, 그래서 진솔이 늦은 오후에 서원정보고로 와서 비어 있는 자신의 교실에 머물 수 있다면, 그렇다면 해수의 자리에서 해수의 보호 아래 조금이라도 잠을 자고 다시 돌아갈 수 있지 않을까.

일주일 내내 고민하다가 한번 보기라도 해야겠다고 결심한 것은, 어쩌면 해수에게는 귀신보다 끔찍한 것이 너무나 많았기 때문인지도 모른다.

모두 하교하고 아무도 없는 교실에서 책을 보던 해수가 꿀꺽 침을 삼키고는 책을 덮었다. 세상이 무너지는 일 따윈 없을 테니까. 그런 건 책에서나 나오는 일이니까. 해수는 빗을 꺼내 손으로 꼭 쥐었다.

통로로 향하는 지하 계단은 지하 1층을 지나쳐야 있었다.

지하라 빛도 들어오지 않고 음식 냄새도 빠져나가지 않아 모든 것이 눅눅한 급식실. 그 급식실 출입문에서 반 층을 더 내려가면 철문이 하나 있었다. 녹은 슬었어도 창살 사이사이에는 먼지 하나 없었다.

해수는 문에 손을 댔다가, 문득 그 문의 가장자리가 문틀에서 약간 비껴나 있다는 것을 눈치챘다. 이럴 수가 있나? 해수는 주위를 둘러보고는 문을 열었다. 삐걱, 하는 소리가 생각보다 크게 나서 다시 한번 목이 아플 정도로 빠르게 고개를 돌려 주변을 살폈다. 그러나 아무도 없었다.

누군가 들어갔던 걸까. 해수는 몇 발자국 더 아래로 내려갔다. 금세 어둠이 해수의 몸을 꿀꺽 삼켰다. 핸드폰 플래시를 켜고 다시 아래로 내려갔다. 한 손에는 핸드폰, 한 손에는 빗을 들고.

아마 이 모습을 진솔이 본다면 놀라 길길이 날뛸지도 몰랐다. 미쳤어? 위험한 짓을 왜 해! 라고 소리칠 수도 있고, 자기 앞에서는 이런 겁 없는 모습을 보인 적이 없다는 사실에 섭섭해할 수도 있었다. 그러나 단 한 문장이면 진솔은 이해할 것이다. 나는 어둠이나 죽은 이가 아니라 사람이 무서운 거야, 진솔아. 그렇게 말한다면 그 안에 구겨져 들어간 100개의 다른 문장을 바로 알아들을 수 있을 것이다. 진솔은 해수를 잘 아니까.

마침내 끝까지 내려왔다. 긴 복도. 천장에 전등이 달려 있

43

었지만 해수는 스위치를 찾지 못했다. 복도 옆에는 교실 크기의 방들이 계속해서 늘어서 있었다. 창문으로 안이 들여다보였다. 창고로 쓰인다는 말이 사실이었는지, 캐비닛이나 서류 더미로 빽빽하게 찬 수납장 같은 것들이 보였다.

해수는 복도를 조금 더 걸었다. 걸음을 옮길수록 방들은 점점 비어 있었다. 그리고 마침내 어느 방 앞에 다다랐을 때, 그곳에는 핸드폰 플래시 불빛을 집어삼키는 서류 더미가 없었다. 놀란 해수는 그 방의 창 쪽으로 더욱 바짝 다가섰다.

플래시의 움직임에 따라 낮은 책상과 푹신한 빈백, 작은 책꽂이와 수납장, 그리고 심지어는 무드등이나 선풍기 따위까지 그 모습을 드러냈다. 책상 위에는 뜯어 놓은 초코파이 비닐과 그 부스러기가 몇 개 떨어져 있었다. 마치 누군가 방금 왔다 간 것처럼.

일단 전진하자. 해수의 걸음이 조금 더 빨라졌다. 곧 벽을 마주했다. 왼쪽으로 꺾자 층계가 나타났다. 위를 올려다보니 희미한 빛이 보였다.

"……아."

처음 와 보는 외고 건물이었다. 역시 철문이 설치되어 있었다. 혹시 여기도 열려 있는 걸까? 해수는 슬그머니 문에 기대고는 체중을 실어 밀었다.

잠겨 있지 않았다.

아마도 수업 시간인지 학교는 고요했다. 해수는 일단 돌아
가자고 마음먹고서 철문을 다시 원래대로 해 놓은 뒤 천천히
아래로 향했다.

그런데, 그 방은 뭘까.

그 방이 자꾸만 마음을 붙잡았다.

그 방이 무엇인지 알아내지 못하면, 진솔을 여기에 데려올
수 없다. 아니, 진솔에게 이런 일을 했다고 말할 수도 없을 것
이다. 완벽하게 알아내야만 설명할 수 있을 것 같았다.

아무래도 그 방에 들어가 봐야겠지.

해수는 나중에 이 순간을 이렇게 기억했다. 만약 자신이
달음질쳐서 갈 수 있는 집이 행복한 공간이었다면, 그때 겁을
집어먹고선 다시 등 돌려 뛰었을 것이라고. 그러나 해수는 새
파랗게 질렸으면서도 그 순간이 다른 순간들에 비해 더 끔찍
하다고는 생각하지 않았다. 어차피 끔찍한 것은 지하든 지상
이든 매한가지였다.

그 방 앞으로 돌아온 해수는 문고리를 잡고, 심호흡을 한
후, 천천히 돌렸다. 방 역시 잠겨 있지 않았다. 들어가자마자
오른쪽 벽에 붙은 스위치가 눈에 들어왔다.

탁. 스위치를 올렸다. 갑자기 켜진 쨍한 형광등 빛에 해수
의 눈이 질끈 감겼다. 눈꺼풀 사이로 눈물이 솟았다. 한참 동
안 눈에 힘을 꾹 주고 있다가, 손등으로 눈가를 훔친 후 다시

눈을 떴다.

누군가 내려와서 책을 읽거나 쉬었다 간다 해도 이상할 게 없는 공간. 바닥도 수납장도 먼지 한 톨 없이 깨끗했다. 지하라는 점을 제외하면 퍽 안전하고 아늑해 보이는 공간이었다. 무드 등까지 있었다.

책꽂이에 꽂혀 있는 책은 중구난방이었다. 만화책과 오래된 소설책, 더 오래된 시집, 그리고 미용실에서 볼 수 있는 잡지책. 책등을 훑던 해수의 손가락이 한 곳에 멈추었다.

교무수첩.

손이 절로 움직였다. 어쩌면 그 수첩을 꺼내서 편 것은 해수의 호기심에서 비롯된 행동이었을 터였다. 빽빽하게 쓰인 글씨를 손가락으로 훑었다. 해수의 눈동자가 점점 더 빠르게 상하좌우로 움직였다. 해수는 읽는 속도가 빨랐다. 진솔이 매번 감탄할 만큼.

그래서, 심장이 쿵 떨어진 것도 시간이 얼마 지나지 않았을 때였다.

해수는 교무수첩을 떨어뜨렸다. 교무수첩이 바닥에 떨어지며 제법 큰 소리를 냈다. 다시 주워 제자리에 꽂아야 한다는 생각조차 하지 못했다. 깜박, 기억을 잃은 것도 같았다. 그리고 정신을 차렸을 때 해수는 이미 교실 안이었다. 빈 교실에서 숨을 거세게 헐떡이고 있었다. 해수는 가방을 챙기다가 블라우스의 목깃과 개 목걸이가 축축하게 젖은 것을 깨달았다. 땀 냄새가 피어올랐다.

집에 도착하고 나서야 해수는 알았다. 빗을 그 방에 두고 왔다는 사실을.

*

빗에 이렇게까지 의존하고 있는 줄은 해수 자신도 미처 몰랐다. 빗 없이 사흘을 견뎠으나 더는 불가능했다. 철문 앞까지 몇 번을 갔다. 그러나 그 철문을 넘어갈 수가 없었다. 공포영화에서 그런 장면이 자주 나오지 않던가. 호기심에서든 필요에 의해서든, 저주받은 장소에 다시 발을 들인 사람에게 어떤일이 벌어지는지.

해수는 그 빗이 꼭 필요했다. 다른 빗 말고, 바로 그 빗이. 철 꼬리빗은 아무 데서나 팔지 않는 전문가용 도구였다. 동네그 어느 가게에 가도 플라스틱 꼬리빗 말고는 보이지 않았다. 그러나 그 빗을 쉽게 구할 수 없다는 이유보다 더 중요한 건, 그 빗이 조금은 더 행복하던 시절의 것이기 때문이다. 해수가엄마를 좋아하던 시절. 엄마가 미용실에 출퇴근하던 시절. 모니터에 집착하지 않던 시절. 손님들 욕을 하고, 또 어떤 스타일을 새로 해 봤는지 자랑하고, 해수의 머리도 자주 만져 주던 시절. 배를 깔고 드러누워서는 퉁퉁 부은 다리를 밟아 달라고 해수를 부르던 시절. 그때 해수는 엄마를 사랑했다. 그래, 사랑했었다. 온갖 독한 약 때문에 사포처럼 변해 버린 엄마의 손을 쓰다듬으면서, 나중에 꼭 잘되어서 엄마에게 효도해야지, 라고 생각했었다.

지금은 하지 않는 생각이었다. 그 시절의 기억이 담긴 빗이 이제는 물건을 던지는 이들을 겨누는 무기가 되었으니 더더욱. 빗은 이 집구석을 탈출해 돈을 벌 수 있을 거라고, 다시는 돌아오지 않을 수 있을 거라고 확신을 주는 부적과도 같았다. 엄마는 미용실을 그만두고 빗을 버린 후 이상해졌다. 해수는 그렇게 되고 싶지 않았다. 다시 빗을 찾아와야 했다.

결국 진솔에게 모두 털어놓았다.

그 공간에 갔었다는 사실을.

누구의 교무수첩이 그곳에 꽂혀 있었는지도.

귀신이 무섭지 않다고 믿어 왔으나 죽은 이의 필체를 그곳에서 마주했을 땐 아무 생각도 하지 못한 채 그저 뛸 수밖에 없었다고.

07

진솔은 저녁 식사 시간에 함께 가 주겠다고 말했다.

"귀신이 무섭지 않아?"

해수의 물음에 진솔이 답했다.

"선생님이었다며. 선생님이었던 어른이라면, 귀신이 되어서
도 우릴 못살게 굴지는 않겠지. 교사다운 교사였다면 말이야."

해수로서도 고개를 끄덕일 수밖에 없었다. 역시 진솔은 상
대의 마음을 편안하게 하는 해답을 찾을 줄 알았다. 언제나 그
랬듯이.

진솔은 차마 말하지 못했다. 죽은 귀신보다 무서운 산 사

람들이 자기네 학교에 퍽 많다고, 그래서 귀신 따위는 하나도 두렵지 않다고 말이다.

"야! 다 앉아. 쌤이 등록금 영수증 나눠 주래."

교무실에 다녀온 반장이 습자지 더미를 들고 소리쳤다. 그러더니 1번, 11번, 21번을 차례대로 불렀다. 너희가 네 번호대 애들 좀 나눠 줘. 반장은 그렇게 말하며 습자지 더미를 넘겼다.

등록금 액수가 볼드체로 제법 크게 적혀 있었다. 한눈에 들어오는 크기였다. 그런데 액수가 일정하지 않았다. 영수증에 적혀 있는 등록금 액수는 총 세 가지였다. 300만 얼마, 100만 얼마, 그리고 0원.

교육청에서는 학교가 사회통합전형으로 입학한 아이들의 신상 정보 누출을 금지시켰다. 그러나 '사소한 실수'로 모두가 알게 되는 것에 대해서는…….

"야. 2번, 5번, 13번이랑 17번. 그리고 22번. 아 씨, 근데 한 명이 기억 안 난다?"

"됐어, 모의고사 성적 나오면 금방 알게 될 거."

진솔은 저녁 식사 시간에 담임에게 물어볼 게 있어 교무실에 가서 쭈뼛대다가, 비어 있는 담임 자리 옆에서 반장을 비롯한 아이들 대여섯 명이 쑥덕대는 것을 주워들었다.

"어쨌든 걔들이 사통이야. 전액 세 명에 나머지는 반액. 내가 엄마한테 말했으니까 아마 좀 있으면 퍼질 거야."

"육칠팔구 카펫이 되어 주십사."

"미꾸라지나 안 되면 다행이지. 우리 오빠가 사통한테 완전 감겨서 개 처놀다가 지금 삼수하잖아."

아이들의 목소리가 그리 작지 않았는데도 교무실의 그 누구도 저지할 생각을 하지 않았다. 진솔은 조용히 뒷걸음질하면서 교무실을 나왔다.

엄마 아빠는 저 애들과 친해지라고 했다. 저 애들이 나중에 사회의 지도층, 돈과 권력이 있는 하이 클래스가 되어 진솔의 든든한 뒷배가 되어 줄 것이라고.

저 애들과 친해지려면 내가 쟤들이 원하는 카펫이 되어 줘야 하는 거겠지. 등급을 보장해 주면서, 입시와 현생에 치여 시름시름 앓을 때 웃음을 주는 개그맨 같은 그런 기쁨조가.

그 와중에도 자신이 혐오스러웠던 건, 정진솔 이름이 적힌 영수증에 나온 금액이 0원이 아니라서 조금은 덜 괄시받겠다는 생각에 안도감이 들었다는 사실이었다.

나는 그래도 반액은 냈다고.

담임씩이나 되어서, 일반과 사통이 분명하게 드러나는 영수증을 동급생에 들려 주다니.

실수였겠지. 처음에 진솔은 그렇게 생각했다.

그러나 괴로웠다. 본의 아니게 누가 사통인지 얼추 다 알게 되어 더욱 힘들었다. 그중 누군가 수업 시간에 조금만 졸아도 신경이 쓰였다. 일반전형 애들이 조는 건 상관이 없었는데, 사통 애들이 졸면 견딜 수가 없었다. 네가 그렇게 굴면 우리 모두가 똑같은 취급을 받는단 말이야. 사통은 어쩔 수 없어, 사통은 그냥 버려, 그런 말을 듣게 될 거란 말이야. 언젠가는 야자 시간에 자신도 모르게 성큼성큼 조는 아이 앞으로 가서 짝, 하고 손뼉을 친 적도 있었다. 별로 친한 애도 아니었는데. 그 애는 금방이라도 죽을 것 같은 병아리처럼 진솔을 멀뚱멀뚱 쳐다보았다.

그런 짓을 벌이고 나면 문득 자기 자신이 너무 혐오스럽게 느껴졌다.

왜 자꾸만 이런 생각이 드는 걸까.

왜 자꾸만, 너 때문에 내 이미지가 망가지잖아, 너 때문에 내가 피해를 입게 되잖아, 이런 원망이 드는 걸까.

나는 실제로 아직 별다른 피해를 입지 않았고 너는 아무런 잘못을 하지도 않았는데 말이야.

*

철문은 여전히 잠겨 있지 않았다.

해수가 스위치를 켜자 진솔이 방 안을 둘러보며 우아, 하고 소리를 냈다.

"진짜 깨끗하네. 누가 계속 청소하나 봐."

"그래?"

"그래, 야, 해수야. 귀신은 청소 같은 거 안 해."

해수가 멋쩍게 웃었다. 방 안을 빠르게 훑던 진솔의 눈길이 수납장 위에 멎었다.

"빗 저기 있네. 네 빗."

빗은 수납장 위에 가지런히 놓여 있었다. 교무수첩 역시 제자리에 꽂혀 있었다. 그랬다. 누군가 이곳을 관리하고 있는 게 분명했다.

해수는 빗을 얼른 교복 주머니 안에 넣었다. 그 모습을 물끄러미 바라보던 진솔이 물었다. 여길 누가 관리하는 걸까? 그러더니 재차 자답했다. 선생은 아닐 듯, 하고.

"왜?"

"선생들은 이렇게 궂은일 안 해."

왜 진솔이 그런 말을 하는 걸까, 가만히 속내를 헤아려 보다가 해수는 왠지 울적해져서 긍정적인 생각을 하려고 애썼다. 선생이 관리하는 게 아니라면, 이 공간을 조금은 써도 되지 않을까. 게다가 자신이 떨어뜨린 빗을 이토록 곱게 다시 놓아둔 사람이 드나드는 공간이라면…….

그때 진솔이 먼저 말했다.

"나 여기 가끔 올래. 여기선 잘 수 있겠지."

해수는 깜짝 놀랐다. 그랬다. 꼭 해수의 교실까지 올 필요는 없었다.

"우리가 여기 있을 때 문이 잠기면?"

"핸드폰도 잘 터지는 것 같은데, 뭐가 걱정이야? 꺼내 달라고 하면 되지."

"왜 들어왔냐고 혼날 거 아냐."

"출입 금지 표시는 본 적 없잖아?"

08

해수는 엄마 아빠 몰래 침낭을 두 개 챙겼다. 캠핑이 한창 유행하기 시작할 때 마련했지만 두어 번 쓰고 처박아 둔 침낭이었다. 엄마 아빠는 캠핑을 가서도 SNS에 올릴 사진을 찍거나 그놈의 그래프만 쳐다보기 바빴으니까.

둘은 그 방에 들어갔다. 그런 다음 침낭을 깨끗한 바닥에 놓고는 지퍼를 열고 안으로 기어들어 갔다. 중학교 때 같이 갔던 수련회가 기억났다. 그날 처음으로 나란히 누워 잤는데, 해수가 어찌나 죽은 듯 얌전하게 자는지 진솔은 잠에서 깰 때마다 깜짝깜짝 놀라며 해수의 코밑에 손가락을 대어 보곤 했다.

이젠 수련회도, 수학여행도 같이 갈 수 없다. 진솔의 학교는 홍콩으로 수학여행을 간다고 했다. 해수네 학교는…… 어디로 가는지는 모르겠지만 외국으로는 안 갈 터였다.

"저녁 안 먹어도 정말 괜찮아?"

"어. 저녁 먹으면 야자 시간에 더 졸려. 졸다가 감독한테 걸린다고. 한 학기에 세 번 걸리면 뭐라더라, 야자 인증 못 받고 생기부도 나쁘게 쓸 거래."

"그럼 다른 애들도 너처럼 졸려도 안 자?"

"나보다 더 심하지. 걔네는 집에 가서 또 과외 받거든. 나는 집에 가면 그냥 퍼질러 자는데."

진솔은 가만히 천장을 올려다보다 말을 이었다.

"아마 나는 여기서 낙오될 거야. 내가 원서 넣을 때 장래 희망을 유튜브 크리에이터라고 썼거든? 근데 담임이 상담하면서 막 비웃더라. 아무나 갖는 비현실적인 꿈이래, 그게……."

진솔은 그 생각을 할 때마다 의아했다.

"외교관은 뭐 아무나 갖는 꿈이 아닌가. 우리 반 애들은 다 외교관이라고 썼다는데. 나 빼고."

해수는 진솔을 빤히 바라보다 말했다.

"우리 담임은 안 물어봤는데. 장래 희망."

진솔은 침을 한 번 삼켰다. 목이 바짝바짝 말랐다. 분명 조금 전까지는 뇌에 연기가 가득 낀 것처럼 견딜 수 없이 피곤하고 우울했는데 지금은 해수가 옆에 있어서인지, 아니면 화가 나서 그런지 눈앞이 또렷해졌다. 천장의 무늬가 선명하게 다 보였다.

"장래 희망이 다 뭐야. 우리 엄마 아빠도 그런 건 신경 하나도 안 써. 그냥, 여기서 인생에 쓸모 있는 인맥을 만들래. 판검사 친구, 의사 친구. 걔들 비위 맞추면서, 걔네 사는 거 보고 따라 배우래. 인생에 득 안 되는 친구는 친구로 두지도 말래."

야, 너 일단 자야지 계속 떠들면 어떡해. 얼른 눈 감아. 해수가 침낭 밖으로 손을 뻗어 진솔의 두 눈 위에 살짝 얹었다. 투덜투덜 눈을 껌벅거리며 속눈썹으로 해수의 손바닥을 간지럽히는 것도 잠시, 곧 고르고 작은 숨소리가 들려왔다. 그제야 해수는 진솔의 얼굴에서 손을 뗴었다.

수업이 끝나고 세 시간이나 교실에서 혼자 책을 읽으며 진솔의 저녁 시간을 기다렸던 해수는 가만히 허공을 바라보며 생각했다.

그렇다면 진솔의 엄마 아빠가 보기에 나는 분명히, 아주 쓸모없는 친구겠지. 친구로 둘 필요가 없는, 아니 둬서는 안 되는 친구겠지. 인문계도 아니고, 집에서 보내 주지 않으니 대학에도 못 갈 거고, 판검사나 의사도 될 리가 없는 나는.

갑자기 눈구멍과 목구멍이 동시에 뜨거워졌다.

왜 이런 일이 일어났을까? 우리는 중학교 때 함께인 것만으로도 마냥 즐겁고 서로에게 힘이 되었는데.

해수는 자신을 이해하지 못하는 집에서 태어난 게 싫었다. 하지만 집에서는 잠만 자고, 밖에서는 진솔과 이야기하고, 학원 뺑뺑이를 도는 진솔이 아주 가끔 쉴 때마다 같이 놀러 다니고, 시험 기간에는 도서관에 가서 컵라면도 먹고…… 그러다 보면 이대로도 괜찮겠다는 생각이 들었다. 집에 머무는 시간이 꽤 짧았기 때문에. 고등학교에 가서 그 행복이 사라질 거라고는 상상하지도 못했다. 같이 형정여고에 갔다면, 물론 성적이나 입시 이야기를 조금씩 입에 올리긴 했겠지만, 그래도 지금처럼 머리와 가슴이 동시에 뻥 하고 터질 것 같은 상태로 매일매일을 살지는 않았을 텐데.

이젠 그 모든 게 까마득한 옛날 일 같았다. 해수는 귀신이 나온다고 소문난 지하 2층에 진솔과 나란히 누웠던 순간부터 천천히 기억을 되감았다. 원인을 찾기 위해서. 왜 이런 일이 생겼는지 알아내기 위해서.

되감아 보자 기억의 씨앗은 의외로 간단했다.

"일어나, 진솔아. 5분 남았어. 너 이제 교실로 가야 해."

해수는 진솔을 깨웠다. 진솔은 잠투정도 하지 않고 벌떡 일어났다. 그것이 해수는 싫었다. 수련회 때는 한 번도 빼놓지 않고 칭얼거리는 애였는데. 학교나 도서관에서 낮잠을 잘 때도 마찬가지였는데. 얼마나 신경을 쓰고 있기에 저럴까.

"아, 진짜 가기 싫다."

"그래도 늦으면 안 되잖아."

"집에도 가기 싫어. 엄마 아빠 얼굴 보기도 싫어, 이제는."

"너 먼저 가. 나는 침낭만 말아 놓고 갈게."

진솔은 잠투정 대신 나지막이 욕을 했다.

"늦으면 혼내겠지. 부모 노릇이랍시고."

해수는 진솔을 먼저 보냈다. 머리가 눌린 상태로 연신 뒤를 돌아보며 통로를 뛰는 진솔에게 손을 흔들다가 가만히 한숨을 쉬었다. 그러고는 침낭을 집어 들어 두어 번 털고는 돌돌 말면서, 가만히 읊조렸다.

부모 노릇, 이라고.

이렇게도 중얼거렸다.

근데 부모를 어찌할 수도 없는 노릇이잖아, 하고 말이다.

해수는 천천히 서원정보고로 향하는 통로를 걸었다. 이제는 익숙했다. 무섭지 않았다.

우리 말고 어떤 학생이 여길 드나드는 걸까? 여길 매일 청소하고 아지트 삼는 걸까? 철문은 항상 잠그지 않는 걸까? 그런데 왜 아무도 보이지 않지? 해수는 조금 궁금했다. 당연히 자기 말고도 충분히 이 통로를 몰래 드나들겠다고 마음먹은 아이가 있을 수 있었다. 누군지 몰라도 그 아이는, 어른들이

지레 걱정했던 것처럼 이 어둑한 통로에서 이른바 '일탈 행위' 같은 건 하지 않았다. 학교에 자신 말고 그런 사람이 또 있다고 생각하니 해수는 안심이 되었다. 그리고 조금은 편하게 학교에 다닐 수 있겠다는 생각이 들었다. 빛나는 별이 어두운 구름에 가려져 있다고 해서 아예 존재하지 않는 건 아니니까. 언젠가는 볼 수 있게 될 테니까.

09

진솔은 해수가 집에서 있던 일들을 자신에게 모두 이야기하지 않는다는 것을 알고 있었다. 진솔 역시 숨기는 건 마찬가지였다. 새벽에 매장을 정리하고 퇴근한 엄마 아빠가 거실에서 욕설과 함께 냅다 물건을 집어 던지면서 싸우는 날들이 얼마나 잦은가. 아래층에서 시끄럽다고 올라와 문을 두드리면, 왜 엄마 아빠는 잠옷 입고 누워 있던 진솔을 대신 내보내는가. 시끄럽게 해 드려서 죄송해요, 제가 학업 스트레스가 많아서요, 하고 거짓된 사과를 하게 만들면 본인들의 '쪽'은 안 팔리니 괜찮은 건가. 엘리베이터에서 만난 아래층 여자가 진솔을 위아래로 훑으며 "좋은 학교 다니네?" 하고 비꼬듯 물을 때 진솔이 어떤 마음인지 엄마 아빠는 상상할 수 있을까.

엄마는 아빠와 싸우고 나면 베란다를 바라보며 말했다.

"애, 진솔아. 엄마 지금 있지, 베란다 아래가 꽃밭으로 보인다, 애."

그 말을 들을 때마다 진솔은 덜덜 떨었다. 엄마가 죽어 없어지고 아빠만 남을까 봐. 그러면 이제는 아빠가 자신을 향해 물건을 던질까 봐.

"너 때문에 산다, 너 때문에. 그러니까 네가 잘되어서 엄마한테 보답해야 해."

엄마의 말에 진솔은 밤마다 궁금했다. 저 사람들은 과연 사랑이란 걸 했을까. 언제 그것이 사라졌을까. 왜 굳이 나를 낳은 걸까.

진솔이 야자를 하러 갔을 때도 해수는 바로 집에 가지 않는다고 했다. 텅 빈 학교를 너무 오랫동안 배회하면 눈에 띌 테니 그렇게는 못 하고, 동네 도서관은 너무 작아 자리가 없으니 거기도 못 가고, 주로 스터디 카페에 앉아서 문제집을 푼다고 했다.

"집에서는 공부가 잘 안 돼?"

아무 생각 없이 물었는데, 해수는 진솔이 상상도 못 했던 대답을 내놓았다. 아주 작은 목소리로. 광대 아랫부분이 벌게진 걸 보니 창피한 게 분명했다.

"나 고등학교 가고 나서부터 책상이 없어졌어. 엄마가 새 컴퓨터 샀다고 가져갔거든. 어차피 정보고 갔으니까 공부할 것도 아닌데 왜 필요하냐고……. 처음엔 침대에 배 깔고 엎드려서 책 밑에 노트북 받치고 공부했는데, 그러니까 어깨랑 팔꿈치랑 목이 너무 아파. 그래서 스카 가는 거야. 그래프 떡상할 때마다 용돈은 많이 주니까 스카 갈 돈은 있어서……."

아니다. 창피한 게 아니었다. 울려는 신호였다.

"그런데 난 정말로 대학 가서 공부하고 싶은데……. 돈 낭비할 생각은 절대 하지 말래."

해수의 눈물이 진솔의 이마에 떨어졌다. 크고 듬직하게 안아 주고 싶었는데, 그것조차 하지 못하는 게 진솔은 속상했다. 해수는 내가 죽고 싶을 때 죽지 않을 이유가 되어 주었는데, 나는 왜 아무것도 못 되는 것 같을까.

그때 처음으로 생각했다.

그 집을 나와 자신만의 책상이 있는 곳에서 살아야만 해수는 조금이라도 더 행복해질 수 있을 거라고.

누군가는 우유부단하게 성인이 될 때까지 기다린 후 독립하라고 말할 테지만, 그땐 이미 늦을 것이다. 3년은 아주 긴 세월이다. 스스로 죽고 싶게 만들기에 지극히 충분한 시간이다. 특히 그 시간 동안 진솔이 입시 공부하는 모습을 구경만 해야 한다면 더더욱. 그러다가 해수가 지쳐서 결국 자신을 멀리할까 봐 진솔은 두려웠다.

순간 무언가 퍼뜩 떠올랐다. 어쩌면 야자 5분 전을 알리는 예비종이 그 어둑한 지하 통로까지 아스라이 닿았던 까닭일지도 모른다.

"근데 너 문제집 많이 살 돈은 없지?"

진솔이 묻자, 정수리 쪽에서 축축한 목소리가 들렸다.

"사실 무슨 문제집을 사야 할지도 모르겠어……."

"대학 가려면 독서 기록도 중요하다는데. 필독서로 싹 써야 한다는데."

"뭐가 필독서인지는 어떻게 아는데?"

진솔은 준비했던 말을 하기 위해 침을 꿀꺽 삼켰다. 이런 가능성을 입으로 뱉는 자신을, 착하고 정직한 해수가 경멸하지 않았으면 좋겠다고 간절히 바라면서.

절대적으로 부족한 시간 아래 정해진 성취 이상을 이루어야 하는 아이들은 수학적 사고력이나 언어 구사력, 논리적 추론의 계발에 앞서 꼼수를 생각해 내는 재능을 개발했다. 과로로 죽지 않으려면, 10분이라도 더 자려면, 살려면, 그럴 수밖에 없었다. 생존의 본능이었다.

"씨발, 이걸 언제 다 읽고 독서 기록을 쓰라는 거야. 지금도 세 시간밖에 못 자는데……."

어른이 없는 교실에서 욕설이 터져 나온 것은 말도 안 되는 양의 수행평가 공지들이 붙은 날이었다. 도저히 주어진 시간 안에 다 할 수 없는 과제들이 쏟아졌다.

"문제집 두 권을 한 달 동안 풀어서 내라고? 오답 노트까지 다 해서?"

"영단어장? 장난해? 전공어 하기도 힘들어 죽겠는데?"

"영화 감상에 감상문 세 장? 아니, 야자 때 영화 보면 잠을 거면서 존나 웃기네."

"야, 유튜브에 요약본 없냐?"

"없어. 선배가 그러는데, 이거 무슨 이상한 싸이코 독립영화래."

아이들은 수행평가 과제물을 물려받고, 공유하고, 변형하고, 훔쳤다. 그러나 수행평가는 너무 많았고, 물려받거나 공유할 자료는 한정적이었다. 아이들은 서로 경계하며 틀어쥔 자료를 품속에 숨긴 채 저만 알기 위해 노력했다. 어쨌거나 어떤 방식으로든 한 명이라도 제쳐야 했으니까. 자료를 못 얻고 발만 동동 구르는 아이들이 부지기수였다.

"해볼게."

해수의 승낙은 의외로 쉽게 떨어졌다. 왜일까. 해수는 마음이 불편한 건 참지 못하는데. 진솔의 궁금증은 다음 말을 듣자마자 바로 풀렸다.

"그거 하면 나도 너희 학교 애들 커리큘럼이랑 비슷하게 공부할 수 있잖아. 문제집이랑 책도 공짜로 받는 거 아냐? 나 할래."

보상으로 얼마를 준다고 이야기하지도 않았는데. 해수가 그 중요한 정보를 묻지도 않는 게 진솔은 서러웠다. 하려는 가장 큰 이유가 돈 때문이 아닌 것도 짜증 났다. 본인이 먼저 한 제안이었는데도 그런 모순된 마음이 들었다.

"나 그런 정보 어디서도 못 얻는단 말이야. 뭐 가지고 공부해야 하는지 하나도 모른단 말이야. 학교에서도 안 알려 주고. 학원도 못 다니고."

"선생님들이 안 알려 줘? 담임은?"

"선배들이 그러는데, 대학 얘기를 꺼내면 담임이 기를 쓰고 막는대. 애들이 대학 가면 취업률 떨어진다고. 대학 가고 싶으면, 절대로 담임한테 들키지 말고 혼자 공부하래."

해수는 잠깐 간격을 두었다가 다시 입을 열었다. 이번엔 질문이었다.

"나한테 이걸 맡기고 더 중요한 공부를 하겠지, 너희 반 애들은?"

소문은 무섭도록 빠르게 돌았다. 정진솔 친구 중에 수학 문제 푸는 기계가 있다더라, 책을 괴물처럼 많이 읽고 독서 기록장을 꽉꽉 채운다더라, 영화 감상문 수행 만점을 받게 해 주었다더라, 영단어장 글씨체를 다 다르게 써서 안 들키게 해 준다더라.

떠도는 이야기를 주워들은 아이들은 그 사실을 저마다의 저울에 놓고 비교했다. 이걸 선생에게 알려야 이득일까, 아니면 자신도 그 소문의 인물에게 '노가다 수행'을 맡기는 게 이익일까. 한참 고개를 갸웃대던 아이들이 이내 고개를 끄덕이더니, 남몰래 진솔을 손짓해 불렀다.

"걔네 집도 너희 집처럼 가난해?"

누군가 대놓고 그렇게 물은 적도 있었다. 이미 학급 모두가 진솔의 반액 등록금 영수증을 알고 있을 테니 놀랄 일도 아니었지만, 직구를 날리는 듯한 위협적인 물음이었다. 진솔은 움찔했다가 고개를 순순히 끄덕였다. 어차피 구구절절 설명할 사이도 아니었고 그럴 필요도 없었다.

"대단하네, 공부하려는 의지가. 너무 뿌듯하다. 가난한 애한테 도움을 줄 수 있어서."

걔는 돈을 턱, 진솔의 책상에 올려놓고는 얼른 뒤돌아섰다.

그러곤 친구들과 팔짱을 끼고 종알종알 떠들며 매점으로 향했다. 진솔은 빳빳한 지폐를 반으로 접고, 또 반으로 접었다. '도움이 된다'니. 자기가 하기 싫은 수행평가를 돈 주고 시켜서 거짓 점수를 받는 주제에, 마치 불쌍한 사람에게 자선을 베푸는 것처럼 생각하다니.

하지만 진솔은 화를 내지 않기로 했다. 혹여 아이들의 심기를 거슬렀다가 누군가 담임에게 고자질이라도 할까 두렵기도 했지만, 무엇보다 해수가 이 일을 좋아하기 때문이었다. 그어떤 어른도 지지하지 않았지만, 해수가 자신의 미래에 꼭 필요한 공부를 게걸스럽게 하고 있기 때문이었다.

*

"선생님. 저 이 문제 모르겠는데 가르쳐 주시면 안 돼요?"

해수가 돈과 함께 건네받은 문제집에서 가장 먼저 맞닥뜨린 난항은 4점짜리 모의고사 기출 문제였다. 문제를 풀려고 끙끙 앓다가 수학 선생을 찾아갔다. 매일 단원명과 학습목표를 궁서체로 판서한 후 '정신머리 교육'만 하는 사람. 하루하루 퇴직할 날만 꿈꾸며, 책상에 엎드린 아이들 앞에서 창피하지도 않은지 연신 골프 스윙 연습만 하는 사람이었다. 그래도 물을 사람이 그밖에 없었다. 주요 과목에 수학이 들어 있지 않은 정보고에 수학 선생은 드물었으니까.

"뭐야."

그는 돋보기안경을 눈썹 위로 올리더니 문제집을 멀찍이 놓았다. 그러곤 미간을 찌푸리며 말했다.

"야 인마. 수준에 안 맞는 문제집을 푸니까 어렵지, 인마. 어차피 한 달이면 끝날 헛짓거리 하면 기분 좋냐? 대학 가려면 진학반 있는 학교로 갔어야지 왜 여기를 와. 하긴, 뭐 알아보고 왔겠냐마는."

취업 전선에 뛰어든 3학년 선배들은 가끔 공물이 된 기분이 든다고 했다. 학교에서 자신들을 아무 데나 팔아넘기고 기업의 지원이나 정부의 녹을 얻어먹으니까. 뜻이 있어 이 학교에 온 선배들에게 그런 현실은 흉기나 다름없었고, 해수는 자신이 공물이 되지 않으려 맨발로 도망치는 댕기 머리 여자아이가 된 것만 같았다. '끝단'이나 '말자', 뭐 그런 식의 성의 없는 이름을 가진 여자아이 말이다.

진솔은 힘들거나 하기 싫으면 말해 달라고 거듭 이야기했다. 진솔의 마음이 불편하다는 것을 해수도 모르는 바는 아니었다. 게다가 발각되면 진솔이 가장 난처해질 테니 걱정도 많이 될 것이었다. 해수 역시 문제집을 허겁지겁 풀고, 책을 쭉쭉 읽어 내려가며 생각했다. 딱 여기까지만 할래. 매일 그렇게 생각해도 그다음에 밀려드는 물음은 이랬다.

그럼 내일부터 나는 뭐 해? 어떻게 공부해?

그래서 그만둘 수가 없었다. 돈이 중요한 게 아니었다. 용돈은 넉넉했기에, 번 돈은 쓸 데가 없었다. 지폐는 쌓여만 갔다. 해수는 그 돈을 하트 모양 레모나 통에 넣어 자기 방 침대 아래 두었다.

해수는 매일 자기 전에 여러 대학교의 홈페이지에 들어가 학과 정보를 살폈다. 그러고는 가슴팍에 핸드폰을 놓고 이불을 덮었다. 가슴이 근지러웠다. 침대 밑에 있는 레모나 통이 내 미래야, 그런 생각을 했기 때문인지도 몰랐다. 게다가 진솔이 계속 말하지 않았던가. 해수야, 애들이 너 수학 진짜 잘한대. 글도 진짜 잘 쓴대. 이렇게 책을 빨리 읽는 사람은 본 적이 없대. 해수야 너 천재 같대. 외고 애들이 봐도 천재면 얼마나 똑똑한 거야? 너는 성공할 거야. 그럼 그때 가서 나 모르는 척하면 안 된다?

내가 어떻게 널 모르는 척할 수 있겠어. 해수는 그 말을 들을 때마다 속으로 말했다. 할머니가 돼도 옆집에 살면서 매일 놀러 갈 건데, 너는 농담으로라도 그런 말은 하지 마. 그리고 웃으면서 진솔의 볼을 쿡 찌르는 것으로 답을 대신했다.

10

불행은 언제나 작당 모의라도 한 듯 한꺼번에 몰려왔다. 이번에는 두 집의 부모가 서로 짠 것 같았다. 얼굴 한 번 본 적도 없으면서 어떻게 한날한시 그런 잘못들을 저지를 수 있을까. 진솔도, 해수도 그 연유를 알 수 없었다. 이유를 헤아리려 해도 바보같이 눈물이 먼저 나왔고, 서로에게 눈물을 들키고 싶지 않았지만 삼키고 돌아서는 것은 불가능했다. 결국 부둥켜안고 같이 울어 버렸다. 누구의 것인지 알 수 없이 뒤섞여 버린 눈물이 둘의 옷을 축축하게 적셨다.

해수의 불행은 바다을 향해 내리꽂히는 그래프에서 시작

되었다. 그래프가 곤두박질치는 일이 잦아지면서 집에는 점점 쓰레기가 쌓여 갔다. 먹다 남은 배달 음식이나 콜라 캔과 술병, 허리둘레가 늘어나면서 사이즈가 안 맞아 처박아 둔 옷들. 그런 것들이 해수의 손길만을 기다리며 아무 데나 널브러져 있었다. 엄마가 매일 사진을 찍는 아주 작은 공간을 제외하고는 모두 엉망이었다.

집 안은 터지기 직전의 풍선 같았다. 해수는 자꾸만 빗을 쥐게 되었다. 빗으로 내 허벅지를 찌르면 그 구멍을 탈출구 삼아 이 묵직한 공기가 새어 나가지 않을까. 그러면 숨 쉬는 것도 조금은 편해지지 않을까. 해수는 계속해서 자신에게 물었다. 그러나 그때마다 해수의 손을 막은 것은 진솔과의 약속이었다. 해수는 간절히 바랐다. 제발 부모님이 싸우지 않았으면.

아니, 싸우지는 않았다. 엄마 아빠 모두 조금만 더 버티자며 의견을 같이했기 때문에 서로에게 잘잘못을 따질 수 없었다. 그런데 이상하게도 이번에는 화살이 해수에게로 돌아갔다. 중학교 때까지 해수에게 가지고 있던, '어린아이'에 대한 조금의 책임감을 둘 다 이제는 완전히 잊은 듯 굴기 시작했다. 엄마 아빠에게 해수는 성인의 몸을 가졌으나 아직 성인의 경제 능력은 갖지 못한 존재였다.

즉, '밥만 축내는 몸뚱이'였다.

"식충이. 누굴 닮아서 저렇게 뚱뚱할까."

제일 먼저 분명한 변화를 보인 건 엄마였다. 해수는 고개를 떨구고 엄마의 손톱만 쳐다보았다. 일주일에 한 번씩 네일숍에 가서 다듬는 예쁜 손톱.

"너같이 꾸밀 줄도 모르고 사근사근하지도 못한 애를 누가 좋다고 뽑아 가겠니, 기업에서."

해수가 고개를 약간이라도 들면 대번에 표정도 음침하다는 힐난이 따라붙었다.

아빠는 조금 더 직설적이고 계산적이었다. 해수에게 주는 용돈을 없앴고, 한 푼 두 푼 모아 놓은 세뱃돈 통장도 가져갔다. 그러곤 계속 주절거렸다.

"언제 고3 되냐?"

그 말의 속뜻은 간단했다.

'언제 취직하냐?'

해수는 알 수 있었다. 아빠는 지금도, 10년 후에도 해수의 지갑을 해수의 것이라 여기지 않을 거라는 사실을. 해수의 모든 것은 그저 아빠의 투자금일 뿐이었다.

해수가 집 청소를 도맡아 하는 것은 다행스런 일이었다. 침대 아래에 둔 레모나 통을 들키지 않을 수 있었으니까. 용돈이 끊겨서 돈이 없었지만, 해수는 레모나 통에 돈을 넣기만 할 뿐 꺼내지는 않았다. 그 돈에 손을 댄다면 무언가 와르르 무너질 것만 같았다. 다시는 돌이킬 수 없도록 망해 버릴 것 같았다.

진솔의 불행은 젊은 담임의 말 한마디에서 시작되었다. 학부모 상담이 있던 날, 진솔의 부모님은 고깃집의 셔터를 닫아 걸었다. '오늘만 쉽니다'라는 팻말을 걸고 각자 얌전한 옷을 입었다. 외제 차는 집 주차장에 그대로 둔 채 택시를 타고 학교에 갔다. 선물로 준비한 홍삼정과를 들고. 소문난 어느 가게에서 주문한 것이었는데, 포장지를 다 뜯은 다음 서툰 손길로 다시 포장하고서는 '핸드메이드' 스티커를 붙였다.

"저 이런 거 못 받는데, 아버님……."

"아이고 선생님, 압니다. 아는데, 그래도 저희 집사람이 굳이 꼭 드리고 싶다고 며칠 끙끙대며 직접 만든 거라서요. 이 사람이 세상 바뀐 것도 모르고 참 미련합니다. 그래도 이게 저희 마음인데, 이게, 세상이 삭막해서 참……. 맛이라도 보세요, 맛은 꽤 괜찮거든요."

담임은 결국 잘 먹겠습니다, 라고 말하며 상자를 받아 들었다. 아마 노련한 베테랑이었더라면 이 부모들이 이렇게까지 하면서 얻고 싶어 하는 게 뭔지 알아챘을 것이다. 적당히 자존심을 뭉개고, 당신의 아이는 나와 이 학교가 아니면 아무것도 없는 쭉정이라는 사실을 슬쩍슬쩍 내비친 후 적당한 희망으로 다시 당근을 줬을 것이다. 학교생활에서의 문제 같은 건 숨겼을 것이다.

그러나 진솔의 담임은 어려서 그러지 못했다.

"진솔이가 착하긴 한데 친구 관계가 많이 제한적이에요."

담임은 구레나룻을 긁적이더니 사타구니가 답답한 듯 한 번 벌떡 일어났다 다시 앉으며 말을 이었다.

"학급 내에서 누구랑 친하냐, 라고 물으신다면 정말로 대답을 드릴 수가 없어요. 밥도 종종 혼자 먹는 모양이더라고요. 그래서 반장을 슬쩍 떠봤더니, 정보고에 절친이 있는 것 같다고 하더라고요. 왜 그런지는 모르겠지만 서원외고 친구들한테는 속내를 터놓지 않고 거리를 두는 것 같아 서글프다고요."

"아, 걔요……. 저희 애가 오래 사귄 친구인데 착한 아이예요. 진솔이가 도서관 끌고 다닐 때도 잘 따라다니면서 공부했던 애고……. 뭐, 저희 애가 친구를 재고 따지며 사귀는 타입은 아니라서, 또 걔가 야무지게 자기 나름대로 생각을 해서 진학했다는데……."

진솔의 엄마가 거짓으로 대답하자 담임이 말했다.

"뭐, 저도 진솔이가 잘못했다는 건 아니에요, 어머님. 다만 한 학급이 3년간 그대로 가는 학교 특성상, 1학년 때 제대로 교우 관계 형성이 안 되면 나머지 2년이 힘들 수 있거든요. 졸업 후에도 마찬가지고요."

그날 저녁 진솔의 핸드폰이 갑자기 먹통이 되었다. 지하 통로로 내려가 해수 옆에서 쿨쿨 자고 일어났을 때였다. 왜 이러지, 왜 이러지. 한참 재부팅을 반복하다가 어쩔 수 없이 자습을 하러 갔고, 혼자 털털거리는 버스를 타고 집으로 향했다. 집에 도착하자 아빠가 거실 소파에 팔짱을 낀 채 앉아 있었다. 여기 앉아라. 그러더니 새 핸드폰을 내밀었다. 앞으로 여기 누구 번호 저장했는지 다 보고해라. 영문을 알 리 없는 진솔이 어안이 벙벙해져 쳐다보자 아빠는 조금 더 속내를 드러냈다.

"외고 애들은 보고 안 해도 좋은데, 나머지는 허락받아. 그리고 잠자기 전에 핸드폰 반납하고 아침에 일어나서 찾아가."

말이 끝나기 무섭게 엄마가 잘 손질한 망고와 파인애플을 내왔다. 먹어, 딸. 엄마는 과도를 든 채 말했다. 먹으면서 외고 친구들 이야기 좀 해 봐. 얼마나 멋진 친구들이야, 그치. 엄마 아빠가 너무 바빠서 딸한테 소홀했던 것 같네. 누구랑 제일 친하니? 혹시 뭐 집에 초대하고 싶고, 그런 친구들은 없니?

같은 날, 해수는 마침내 아빠에게 흠씬 얻어맞았다. 레모나 통을 들켰기 때문이다. 너는 내 손바닥 안에 있어. 아빠는 일 갈했다. 아냐, 어! 네가 제아무리 재수 없게 굴면서 아빠를 무시해 봤자 너는, 내 손바닥 안에 있다고!

아빠는 손으로 해수의 머리를 때리고 배를 걷어찼다.

11

"여기에 빌자."

진솔은 믿을 수가 없었다. 자신이 며칠 동안 생각만 해 온 것을 해수가 먼저 입 밖으로 꺼냈기 때문이다. 어떻게 그런 끔찍한 생각을 하느냐고, 사람이 되어서 그런 상상은 하면 안 된다면서 해수가 실망했다고 말할 것 같아서 꾹꾹 참았다. 해수는 원래 그랬으니까. 겁먹은 초식동물 같은 해수. 둥그렇고 조용하며 다정한 해수.

해수가 손에 든 교무수첩을 가리키며 다시 말을 이었다.

"난 이거 다 읽었어. 좋은 분이었을 거야, 확실해."

자살한 교사의 이야기는 외고에서 완벽한 금기어였다. 선생님이나 재학생은 물론이고 졸업한 선배들조차 절대 입에 올리지 않는다고 했다. 그런데 이제는 그 누구보다 해수가 그 선생님을 더 잘 알고 있을지도 몰랐다.

"나는 미신, 귀신, 이런 거 안 믿는데."

득달같이 동조하기가 뭣해서 진솔은 일부러 발을 빼려는 척했다. 그러자 해수가 말했다.

"이런 거라도 안 하면 정신이 나갈 것 같아서 그래."

어쩌면 그게 신앙의 시작일지도 모른다고 해수는 생각했다. 진솔의 부모는 인맥과 특권이라는 신앙을 가지고 있다. 해수 자신의 부모는 돈의 뒤꽁무니를 좇으며 부의 축복을 갈망한다. 그걸 믿지 않으면 정신 나간 삶, 망한 삶으로 치부한다. 성공하기 위해서는 쉴 새가 없다. 생각할 시간도 없다.

그런 식이라면 나의 신앙은 뭘까. 해수는 매일 야자하러 가는 진솔의 뒷모습을 보며 곰곰이 자문해 왔다. 그러고는 결론을 내렸다. 나의 신앙은 이 깨끗한 공간과 내 손에 돌아온 빗에 있다고. 누군가에게는 무용해 보이는 일을 땅 밑에서 계속하고 있다는 것, 그 사실에 기대어 있다고.

그렇다면 아무래도 나의 신앙은 아무도 보지 않는 곳에서 이루어지는 선의이지 않을까. 해수는 생각했다.

둘은 과자와 사이다를 사 가지고 와서 낮은 책상 위에 올렸다. 각자 아끼는 물건들도 가져왔다. 진솔은 낡은 털 인형을 택했다. 진솔이 그걸 얼마나 오래 잠자리에 두었는지 해수는 너무 잘 알아서, 놀랐고 감동했다.

"너 저거 없으면 잠 못 자잖아."

해수가 말하자 진솔은 대답했다.

"이젠 잘 자. 하루에 세 시간밖에 못 자니까 쟤 껴안을 정신도 없이 그냥 전원 꺼지더라."

해수는 공책을 가져왔다. 아주 두꺼운 공책이었다. 2년 정도 썼을까. 낙서도 있고 글과 그림도 있었다. 심심하실 때 보세요. 그리고 도와주세요. 해수가 상 옆에 공책을 조심조심 내려놓으며 말했다. 뭐, 재미없으시면 어쩔 수 없지만요.

둘은 침낭을 방석처럼 깐 뒤 신발을 벗고 그 위에 올라가 절을 했다. 귀신에게 절을 몇 번 해야 하는지 몰라서 그냥 백 번 하고 여덟 번 더 했다. 땀이 나서 몸 여기저기가 찝찝했지만, 그대로 무릎을 꿇고 앉아 두 손을 모았다.

"사라지게 해 주세요."

이번에는 진솔이 먼저 입을 열었다.

"엄마와 아빠가 모두 사라지게 해 주세요."

해수가 뒤를 이었다.

"제대로 된 부모 노릇을 하지 않는 사람들이 부모라는 말을 듣지 않게 해 주세요."

진솔은 해수가 아직도 거친 숨을 몰아쉬고 있다는 사실을 깨달았다. 그러고 보니 자신 역시 마찬가지였다. 아무래도 둘 다 운동 부족이었다. 이 일이 끝나고 나면 해수에게 같이 운동하자고 해야지. 진솔은 그런 생각을 했다가 곧 자신에게 그럴 만한 시간이 없다는 사실을 깨달았다. 해수와 같은 학교에 갔다면 손 붙잡고 매일매일 운동장을 돌았을 것이다. 다섯 바퀴도, 열 바퀴도 돌았을 것이다. 이런 지하실이 아니라 햇살이 가득 쏟아지는 운동장에서 틈만 나면 만나 시간을 보낼 수 있었을 것이다.

귓가에 들리는 숨소리에 잘게 빻은 돌가루 같은 질감이 섞여 들어갔다. 진솔은 옆을 바라보았다. 해수의 목구멍에 울음이 들어차고 있는 것 같았다.

"선생님……."

해수가 더는 말을 잇지 못했다. 그래서 해수 대신 진솔이 입을 열었다. 해수가 무슨 말을 할지는 몰라도 해수가 가지고 있는 마음의 짐만은 덜어 주고 싶었다.

"선생님. 저는 아니지만, 해수는 진짜 착한 애예요."

해수의 눈앞에서 대놓고 이런 칭찬을 한 적은 없었다. 해수가 민망해하며 말을 끊을까 봐 진솔은 숨도 쉬지 않고 목소리를 냈다.

"해수와는 중1 때 만났는데, 처음엔 별로 안 친했어요. 노는 애들이 달랐거든요. 그런데 5월쯤에 갑자기 애들이 저를 따돌렸어요. 왜 그러는 건지 저는 전혀 몰랐고, 당장 밥 먹을 친구도 없어서 점심도 굶었어요. 식당에서 밥을 혼자 먹는 건 죽기보다 싫었으니까. 그러면 오후에는 배가 너무 고파서, 내가 왜 이러고 사나, 내가 뭘 잘못했나, 하고 쉬는 시간마다 애들이 제일 없는 화장실에 가서 울었어요."

그 화장실 벽에 적힌 낙서, 거울에 금이 간 모양까지도 진솔은 다 기억하고 있었다.

"그런데 어느 날 해수가 배 아프다고 밥을 안 먹고 교실에 있는 거예요. 해수는 그때까지 제가 밥 안 먹는 거 모르고 있었을 거예요. 그날 알게 된 거죠. 해수가 밥 안 먹느냐고 물어봐서 제가……."

당시 진솔은 두 손을 책상 서랍 안에 집어넣고는 갈기갈기 찢어 버린 식단표의 조각을 만지작거리고 있었다.

"제가 그때 엄청 쿨한 척하면서 말했어요. 애들이 나 왕따 시켜, 하고. 나는 그것 때문에 죽을 만큼 힘들었는데, 죽고 싶었는데, 막 아무렇지 않은 척하면서요. 걔들 없어도 난 잘 살 수 있다는 것처럼."

그때 해수는 말했다. 그럼 너 내일부터 나랑 밥 먹을래?

"너 같이 먹는 애들 있잖아."

진솔의 말에, 해수는 걔들도 너를 좋아할 거야, 하고 대답했다.

예전의 친구들은 자기들이 버렸더니 찌질이들에게 가서 붙는다며 신나게 진솔을 험담했다. 그리고 진솔 역시 한때는, 너무나 비겁하게도, 자신과 같이 밥 먹는 아이들을 창피해했다. 일부러 조금 거리를 두고 걸었고, 유독 거친 말투를 썼다. 마치 자신이 어쩔 수 없이 그 무리를 받아 주고 있는 것처럼 굴었다. 잘나가는 무리에서 쫓겨나 여기까지 밀려온 것이 그저 자신의 선택인 것처럼.

그러나 해수가 주말에 자신을 조용히 불러서는, 나는 네가 좋은데 너는 우리가 싫은가 봐, 하고 말했을 때 진솔은 그만 펑펑 울고 말았다. 잘못했다고, 버리지 말아 달라고 말하며 말간 콧물을 흘렸다. 해수는 천천히 낮은 목소리로 대답했다. 솔직히 말할게. 애들이 너한테 상처를 많이 받아서, 이제는 너랑 같이 밥 먹고 싶지 않대. 그런데 나는, 음, 너랑 있는 것도 좋거든. 그래서 다음 주부터는 너랑 나랑 둘이서만 밥을 먹게 될 것 같아. 이 일들을 다 설명해 줘야 한다고 생각했어. 내 친구들은 진솔이 네가 다시 잘나가는 애들이랑 놀까 봐 무서워서 너한테 솔직하게 이야기를 안 하지만, 나는 너랑 친구를 안 하고 싶진 않으니까, 이 설명을 해 주고 싶었어. 기분 나빴다면 미안해.

"그게 거짓말이었다는 사실을 저는 알아요."

야자 예비종이 울렸지만 진솔은 일어나지 않았다.

"저한테 실망했지만 제가 불쌍해서 그런 선택을 한 걸 안다고요. 결국 졸업할 때까지 둘이서 밥을 먹었어요. 그래도 그 후로는 저한테 불평 한마디 안 했어요. 제가 그렇게 실수를 해도 용서해 준 친구예요. 자기 학교생활 버려 가면서요. 선생님이셨으니까 잘 아시죠? 반에 왕따 생기면 얼마나 피곤한지요. 반장한테 잘 챙기라고 협박하고 그러잖아요, 그러다 애들 사이는 더 안 좋아지고……."

결국 야자 시작종이 울리고 나서야 진솔은 자리에서 일어나더니 터벅터벅 뒤돌아 걸어갔다. 해수는 그 뒷모습을 보며 많이 혼나지는 않았으면, 하고 바랐다.

해수는 진솔보다 조금 늦게 통로를 나서며 형광등 스위치를 껐다. 천천히 걸어서 다시 위로 올라갔다. 그리고 몇 시간 후, 지하 통로가 다시 밝아졌다. 통로를 밝힌 사람은 해수도, 진솔도 아니었다.

12

땀을 뻘뻘 흘리며 절을 한 후 돌아온 일주일은 해수에게는 평생에 걸쳐 가장 불행했다고 꼽을 법한 시기였다. 너무 괴로워서 가끔은 온 세상이 뿌옜다. 또 가끔은 몸에서 빠져나간 혼이 천장 모서리에 붙어서 자기 몸을 구경하고 있다는 느낌을 받을 때도 있었다. 더는 아빠의 손이 아프지 않을 때, 마음의 고통이 몸의 아픔을 덮고야 말 때. 자기도 모르게 "죽고 싶다"라는 말을 중얼거리는 순간들도 생겨났다.

그리고 진솔은 해수가 그런 말을 할 때마다 너무나 두려웠다. 오래전 장례식장에서 봤던 학생의 영정이 자꾸만 떠올랐다. 자신이 해수와 함께 있지 않으면 금세 그런 일이 벌어질 것만 같았다.

　금요일 밤, 결국 진솔과 해수는 동시에 집을 뛰쳐나왔다. 가출한 것이다. 그러나 뛰쳐나오면서도 둘 다 요일을 셌다. 다음 날 학교에 가지 않아도 되는 날이니까, 결석으로 안 될 테니까. 그렇게 둘은 조금 덜 망설이며 집을 나왔다. 진솔은 자신이 우습다고 생각했다. 그놈의 학교가 뭐라고.

　집을 나왔지만 둘은 막상 갈 곳이 마땅찮았다. 피시방에서는 10시가 되자마자 가차 없이 쫓겨났다. 거리는 네온사인으로 밝았지만 온통 취객으로 가득했다. 둘은 계속해서 떠돌아다녔다. 그러다 가방이 어깨를 짓누르는 탓에 아파트 단지 벤치에 잠시 앉았는데, 때마침 외부인은 출입할 수 없다며 경비원이 을러댔다. 결국 또다시 쫓겨났다. 몇 동 몇 호라고 거짓말이라도 해 볼걸. 진솔은 후회했다. 경비원이 확인 전화까지는 하지 않았을 텐데. 그런 임기응변조차 하지 못하다니 바보 같구나, 하고.

　"우리가 너무 애처럼 보이나."

　미성년자 티가 나지 않았다면 피시방에서 밤을 새울 수 있었을 것이다. 어른처럼 보였다면 경비원이 득달같이 쫓아내지는 않았을 터였다. 다음번에는 꼭 뻔뻔하게 거짓말을 하리라. 진솔은 속으로 다짐했다. 들키든 말든 간에, 한 번은 해 보리라. 나쁜 거짓말은 아니니까. 살려고 하는 거짓말이니까.

결국 둘은 24시간 스터디 카페에 들어가 밤을 새웠다. 진솔은 꾸벅꾸벅 졸다가도 눈을 뜨곤 했는데, 그때마다 해수는 이마에 손을 짚은 채 문제집을 풀고 있었다. 가장자리에 '서원외고 10309 김경민'이라고 적힌 문제집을. 가출하면서도 문제집을 가지고 나온 해수. 그제야 진솔은 해수의 가방이 왜 그렇게 크고 무거워 보였는지 알 수 있었다.

날이 밝았는데도 둘의 핸드폰은 울리지 않았다. 이상하다 싶었지만 일단 편의점에서 아침 겸 점심을 해결했다. 저녁이 되자 거리에서 가방을 베개 삼아 누워도 이상하지 않을 것 같았다. 스터디 카페에서 날밤을 새우다시피 하고 온종일 떠돌아다녔으니 당연한 일이었다.

"사우나 갈래?"

해수가 먼저 물었다. 거기도 열 시 되면 쫓겨나잖아. 진솔이 대답하자 해수가 진솔 쪽으로 고개를 돌리고 대답했다.

"우리 오늘 피곤해서 어제보다 폭삭 삭아 보여. 스물다섯은 되어 보일걸."

사실 해수는 이전에도 가출 시도를 해 본 적이 많았다. 어젯밤에 갔던 스터디 카페도 처음이 아니었다. 얼마나 작고 허름한 목욕탕에 가야 자신들을 의심하지 않는지 알고 있는 것도 몇 번의 시도 끝에 얻은 노하우였다. 해수는 문득 생각났다는 듯 "여기 어때?"라고 물었고, 추측하는 것처럼 "이런 데 가면 왠지 민증 검사 안 할 것 같아"라고도 말했다. 가 봤다고 말하면 진솔이 걱정할 테니까. 무슨 일 때문에 나왔는지, 왜 자신에게 말하지 않았는지 묻고 서운해할 테니까.

진솔은 해수가 가리킨 사우나에 쭈뼛쭈뼛 들어섰다. 해수의 말대로 아무도 자신들을 건드리거나 관심을 두지 않았다. 아니, 관심을 두기엔 모두가 너무나 피로해 보였다고 해야 할까. 여기저기 늘어져 있는 사람들은 대부분 노인이었고 손님들은 서로의 얼굴과 몸이 익숙하지만 통성명은 필요 없다는 듯 각자의 반경을 해치지 않고 움직였다. 둘이 대화라도 하려면 물소리가 시끄럽게 울리는 탕 안에 들어가야만 할 것 같았다.

진솔은 발가벗는다는 게 부끄럽기도 했지만 얼른 씻고 싶은 마음이 앞서 옷을 훌훌 벗었다. 해수의 종아리에 가로로 긴 붉은색 자국 몇 개가 나 있었다. 어쩐지 요새 체육복 바지만 입고 등하교를 하는 것 같더니. 진솔은 해수의 허벅지를 살폈다. 다행히 상처는 보이지 않았다. 예전에는 눈 뜨고 못 볼 지경이었다. 그놈의 빗 때문에. 그땐 종종 폭 좁은 무언가로 쿡쿡 찍은 듯한 자국이 여러 개 있었다. 어떤 것은 시퍼런 색이었고, 어떤 것은 빨간색이었다. 지금 해수의 허벅지는 매끈했다. 진솔은 안도의 한숨을 내쉬었다. 해수는 약속을 잘 지키고 있었다. 그 사실이 고마웠다. 그런데 시선을 위로 향했더니, 상체 곳곳에 노랗고 퍼런 멍이 있었다. 진솔은 이를 악물었다가 샤워기 아래에 서서 수도꼭지를 돌렸다. 그때서야 비로소 해수에게 들키지 않고 눈물을 흘릴 수 있었다.

*

딱딱한 바닥에서 뒤척이며 자다가 서로의 배 속에서 나는 꼬르륵 소리를 들으며 점심나절까지 버티었지만, 결국 배고픔을 참지 못하고 밖으로 나와 편의점에서 또 끼니를 때웠다. 그때까지도 둘의 핸드폰은 조용했다. 낳아서 키운 부모의 은혜도 모르고 가출한 게 괘씸한 나머지 더는 신경 쓰지 말자고, 그렇게 둘의 부모들이 작당 모의라도 한 것처럼.

저녁 무렵 집으로 돌아가기로 한 것은 결국 걱정 때문이었다. 자기 자신에 대한 걱정이 아니라. 집에 무슨 일이 생긴 걸까, 엄마 아빠에게 어떤 사건이라도 일어난 게 아닐까, 하는 걱정. 이렇게 아무 연락도 안 할 리 없다는 사실을 애써 눈 감고 무시하려다가 결국 패배를 선언했다. 무거운 걸음을 옮겨 각자의 집으로 향했다.

해수와 헤어져 집 쪽으로 발을 끌며 걷는 진솔의 머릿속에는 온통 자괴감만이 가득했다. 이렇게 어딘가에 매인 가축처럼, 아주 벗어나지도 못하고 주변만 빙빙 돌다가 다시 주저 앉는구나, 결석 한 번 기록하지 못하고 돌아가는구나, 지는 것 같다, 하고.

해수는 단 한 가지 생각만 하고 있었다. 진솔이랑 같은 학 교를 다녔다면 함께 진솔의 집에 가서 잘못했다고, 자신이 진 솔을 꾀어냈다고 말해도 무방할 것이라는 상상. 그러면 진솔 은 매를 맞지 않을 것이다. 좋은 학교에 다니는 좋은 친구와 했던 잠깐의 귀여운 일탈로 인정될 것이다. 그러나 해수는 진 솔을 변호해 줄 수 없는 사람이었다. 미래에 도움이 될 친구가 아니니까. 끔찍하다, 하고 해수는 되뇌었다. 끔찍하다.

집에는 아무도 없었다. 매일 뜨거운 열을 내며 돌아가던 컴퓨터가 꺼진 걸 보고 해수는 소스라치게 놀랐다. 혼날 것에 대한 공포도 없이 집 안을 마구 뒤졌다. 그러고는 소파에 허리 를 꼿꼿이 펴고 앉아 멍하니 앞을 바라보았다.

진솔에게서 전화가 온 것은 밤 12시 즈음이었다. 해수는 교복을 입고 가방을 챙긴 다음 현관문으로 뛰어나갔다. 어두 운 거리를 숨이 꺼질 때까지 달렸다.

13

부모 네 사람 모두가 사라진 지 일주일. 파출소에서는 단순 가출일 가능성이 높다고 했다.

"집에 누가 침입하거나 범죄가 일어난 흔적도 없잖아? 그러면 너희 엄마 아빠가 제 발로 나간 거지 뭐. 부모님이 사라지기 전에 너희는 뭐 하고 있었는데? 뭐? 가출? 야 인마, 너희 정신 차리라고 부모님이 어디 숨어 있나 보다. 인마, 세상이 얼마나 무서운데 가출을 해. 너희 몸 성히 들어온 게 천만다행이라 생각하고 집에 딱 붙어 앉아서 기다려라, 알겠어? 허튼 생각 같은 건 말고!"

그 말대로 '집에 딱 붙어 앉아' 있으면 두려움이 폭풍우처럼 몰려와 온몸을 덮친 다음 이리저리 끌고 다녔다. 좋을 줄 알았는데, 부모님이 사라지고 혼자가 되면 자유롭고 행복할 줄 알았는데, 대체 무슨 일 때문에 사라졌는지 그 연유를 모르니까 집이 무서웠다. 집이 자신의 존재마저 집어삼킬 것 같았다. 사방에 있는 벽이 자신에게 달려들어 몸을 짓눌러 버릴 것 같았다. '너희가 그런 저주를 걸고 나서 무사할 것 같아? 너희는 아주 큰 잘못을 저질렀어. 그러니 벌을 받아야 해.' 마치 사람이 벌레를 죽이듯. 그저 태어난 대로 살고 있던 벌레를 해하며 기쁨을 느끼듯.

밤이 되면 둘은 같이 있었다. 어느 날엔 진솔의 집에서, 또 어느 날에는 해수의 집에서. 그러나 같이 부둥켜안고 있어도 불안감은 가시지 않았다. 계속해서 악몽을 꿨고 조금이라도 떨어져 있으면 덜컥 겁이 났다. 같이 방에 있다가 한 사람이 거실에만 나가도, 한 사람이 화장실에만 가도 숨이 차고 목덜미에서 땀이 뚝뚝 떨어졌다.

학교에서도 손톱을 물어뜯을 만큼 불안했지만 감히 지하 통로에서 만나자고는 둘 중 누구도 말하지 못했다. 왜 그런 데서 절을 했을까. 이제 그곳에 내려가면 무슨 광경을 마주하게 될까. 자꾸만 공포영화에서나 나올 법한 장면을 상상하게 되었다.

집을 버리고 함께 지내자고 의견을 낸 것은 해수였다.

"내가 돈을 벌잖아. 너도 좀 있으면 수행평가 막 나오는 시즌이라며. 있는 대로 다 갖다줘."

"그럼 나는?"

"내가 못 살 거 같아서 나가는 거니까 일단 내 돈으로."

해수는 숨을 크게 한 번 쉬고는 말했다.

"너 나중에 좋은 대학 가고 좋은 회사 들어가면 그때 밥 많이 사 줘."

마치 자신에게는 그런 미래가 허락되지 않는다는 듯이, 그렇게 말을 했다.

보증금 없이 현금으로 월세만 내는 방을 알아보는 것은 의외로 쉬웠다. 해수가 학교 친구들에게 물어봤다고 했다.

"혼자 살면서 아르바이트하고 돈 버는 친구들, 좀 있거든."

그게 해수의 설명이었다.

"우리가 그때 애같이 너무 준비도 없이 가출했던 거야. 내 친구들은 다 철저하게 준비하고 나오더라. 다시는 돌아갈 생각 안 들게. 되게 열심히 또박또박 살아. 보고 있으면."

'내 친구들'.

진솔은 그 말이 듣기 싫었다. 해수가 직접 둘 사이에 선을 긋는 것 같았다.

집에 더는 안 들어가도 되니까 그런 건지, 아니면 사람은 확실히 적응의 동물인 건지.

진솔이 야자를 하는 동안 해수가 찾아낸 방은 작은 고시원 건물의 지하층에 있었다. 햇빛은 들지 않았지만 지상에 있는 방보다 조금 더 컸으며 깨끗했고 잘 정돈된 상태였다. 내가 살고 싶어서 나온 거니까 너는 언제든 집에 들어가도 좋다고, 괜히 나 때문에 여기서 머물 필요는 없다고, 해수는 진솔에게 몇 번이고 강조했다. 혼자 월세를 내는 것 때문에 혹여 신경이라도 쓸까 봐 하는 배려의 일환임을, 진솔은 눈치챘다.

"아니, 나도 집에 들어가고 싶지 않아."

진솔은 말했다.

"나도 너랑 같이 사는 게 좋아."

정말 그랬다. 버스에서 지하철로 갈아탄 뒤 출구로 나오면 운동화를 꺾어 신은 해수가 서 있었다. 고시원 가는 길이 어두워서 무섭잖아, 라고 말하며 대뜸 진솔의 가방을 열고 그 안에 가득 든 책을 절반쯤 꺼내 들었다. 그러면 무거운 가방 때문에 죽을 듯 아프던 어깨가 순식간에 시원해졌다. 그 책들의 표지는 대부분 똑같았다. 적혀 있는 이름만 다를 뿐. 해수의 일감이었다. 그걸 들고 해수는 걸어가며 종알거렸다. 오늘은 어땠어? 급식은 뭐 나왔어? 머리는 좀 덜 아팠어? 있잖아, 내가 아까 여기 오는데 어떤 고양이가 배를 홀라당 까고 드러누워서 나를 쳐다보고 있는 거야. 배를 만지는데도 가만히 있더라고. 너 못 만날까 봐 별로 못 만져 줬는데, 아직 거기 있을까? 사람을 그렇게 좋아해서 어쩌지? 너무 걱정돼.

그런 이야기들을 했다. 엄마와 아빠는 한 번도 '진솔이' 학교에서 어떻게 사는지 물은 적이 없었는데. '친구들이' 어떤지, '선생님은' 어떤지를 물었는데.

"중간고사 일주일도 안 남아서 애들이 완전 날카로워."

진솔은 자기 이야기를 하는 대신 또 애들 이야기만 하고 말았다. 자기 이야기를 자유롭게 표현할 기회를 오랫동안 빼앗기면, 어떻게 배출하는지 그 방법을 잊어버리는지도 모른다.

"밥 안 먹고 공부만 하는 애들도 많고…… 공책 잃어버리는 애들도 좀 있어. 어떤 애 공책은 있지, 아예 화장실 세면대에 처박혀 있었다? 밤새도록 물 콸콸 틀어 놓은 채로. 누가 했는지는 몰라. 공책 주인이 펑펑 울었는데 누가 범인인지 가늠도 못 하겠어. 다들 같이 있을 때는 서로 좋아서 죽고 못 사는 친구같이 행동하니까."

아마 엄마 아빠는 그런 식으로 행동하는 걸 바랐을지도 모른다고, 진솔은 생각했다. 죽을 만큼 싫은 사람이 미래의 나에게 득이 되면 어른들 하듯 그 앞에서 하하 웃고 끈끈이처럼 붙어 있길 원했을 것이라고. 애당초 입학할 때부터 '인맥'을 이야기하지 않았던가. 내 아이가 자존심을 팔아서라도 콩고물을 주워 먹길 원하는 어른들이었다, 부모님은.

"너는 시험 걱정 안 돼?"

해수가 진솔에게 다시금 물었다. 진솔은 대답했다.

"어차피 나는, 카펫이야."

'육칠팔구 카펫.'

고양이는 아직도 해수가 봤던 그 자리에 얌전히 있었다. 말랑말랑한 배를 몇 번 간지럽히고 까끌거리는 혀의 질감을 질리도록 느끼고 나서야 둘은 고양이에게서 발을 돌려 방으로 들어올 수 있었다. 앞서거니 뒤서거니 씻고 나오니 금방이라도 잠에 빠질 듯 노곤해졌다.

"이 방에 책상이 있어서 너무 좋아."

눈꺼풀을 느리게 끔벅거리는 진솔에게 해수가 별안간 말했다.

"이제 비로소 학생이 된 느낌이야."

비로소! 진솔은 눈꺼풀이 반쯤 덮였으면서도 그 단어를 입안에서 몇 번이고 굴렸다. 비로소, 비로소. 남들은 대화 중에 절대로 쓸 일이 없을 것 같은 단어가 해수의 성대를 통해 나왔다는 게 짜릿했다. 비로소, 비로소. 계속 반복하니 영험한 주문 같기도, 혹은 어느 미지의 나라를 다스리는 군주의 이름 같기도 했다. 비로소. 삼국시대에 고아로 자라 온갖 역경을 딛고 마침내 훌륭한 어른이 되어 전장을 평정하는 고구려의 장수, 비로소.

진솔도 그 단어를 쓰고 싶어졌다. 그래서 말했다.

"나는 이제, 비로소, 있잖아."

그 말이 스위치를 끄기 위해 일어나려는 해수의 어깨를 다시 잡아 돌렸다.

"아주 무섭지만 있잖아……."

쨍한 형광등 빛이 해수의 얼굴에 존재하는 모든 것을 생생하게 비추었다. 진솔이 웃었다.

"그렇지만 비로소 행복한 느낌이야."

서로 사랑하는 것. 자신보다 상대를 먼저 배려하는 것. 자신이 넘어지지 않는 지팡이가 되어 주거나 넘어져도 상대를 탓하지 않는 것. 넘어진 사람을 일으켜 세워 준 뒤 약을 발라 줄 수 있는 것. 이렇게 하는 것이 가족이라면, 두 사람 다 단언할 수 있을 것이다. 아무래도 그 정의에 가까운 사람을 이제야 만난 것 같다고 말이다.

14

정보고 중간고사가 조금 더 먼저였다. 해수는 전 과목 100점을 맞았다. 야! 미쳤어? 너무 멋있어. 진솔이 호들갑을 떨자 해수가 시험지를 내밀며 멋쩍게 말했다. 아니, 시험지 보면 내가 어떻게 그럴 수 있었는지 바로 알걸? 공부한 애들은 거의 다 맞았어. 나 말고도.

"그래도, 실수 한 번 하지 않는 게 쉽냐?"

"네가 도와줘서 그래. 그 수행평가 문제집…… 안 틀리려고 정신 바짝 세우는 습관이 생겼나 봐."

"나 말이야, 시험 날 네 수학 시험지 좀 빌려주면 안 돼? 부적으로 쓰게."

해수는 조금 부끄러워 보였다. 진솔은 풀이 과정이 가지런히 적힌 해수의 수학 시험지를 곱게 접어 가방 속에 넣고는 소리 내어 웃었다. 첫 시험이었다. 잠 못 자고 공부했으니까 상위권은 못해도 노력한 만큼은 얻어 내고 싶었다. 실망하지 않기 위해서는 무슨 일이든 할 수 있을 것 같았다.

시험을 다 보면 뭘 할까, 하다가 온종일 서울을 돌아다니며 맛집에서 밥을 먹고 예쁜 카페에서 커피를 마신 후 전시회를 보기로 했다. 둘은 서울에서 나고 자랐으면서도 서울이 어떻게 생겼는지 제대로 알지 못했다. 광화문, 서촌, 을지로, 성수. 어디든 가 본 적이 없었다. 둘의 세계는 나고 자란 동네에 멈추어 있었고, 비로소 조금 확장된 곳이 서원정보고와 서원외고 건물이었다. 그러니 그 세계는 이들에게 대체로 잔혹하기만 했다, 라고 표현할 수 있을 터였다. 이제 그따위 것들은 걷어 올리고 기쁨을 주는 세계를 보고 싶었다.

"엄마 아빠가 있었다면 시험 전날 무슨 말로 나를 또 울게 했을까?"

불을 끄고 바닥에 길게 누운 채 진솔이 물었다. 해수는 말이 없었다. 벌써 잠이 들었나, 하고 생각하며 진솔은 눈을 감았다. 시험공부를 하느라 잠을 더 못 잤으니 눈을 감으면 1초만에 잠에 빠질 게 분명했다. 그래서 진솔은 해수의 대답을 듣지 못했다. 아니, 해수는 대답하지 않고 질문을 조금 바꿔 중얼거렸다.

엄마 아빠가 있었다면 100점짜리 시험지에 대고 무슨 말로 나를 또 울게 했을까.

*

앞에 앉은 아이로부터 시험지를 받을 때면 손이 부들부들 떨렸다. 머릿속이 하얘지고 눈에 초점이 맞춰지지 않았다. 가까스로 읽은 첫 문제가 쉬우면 마음이 조금 가라앉았다. 대부분은 그랬다. 수학 시험도 분명 그랬는데, 그러나 대부분의 아이들은 그렇지 않았던 모양이었다.

"미친 거 아니야?"

수학 시험이 끝나자마자 교실에서 분노의 고함이 터져 나왔다. 후반부 문제가 어렵기도 했지만, 절대적인 문제의 수가 아무리 생각해도 너무 많았다면서 아이들은 서로 질세라 더 크게 목소리를 냈다.

"야, 최희섭도 다 못 풀었다잖아. 그럼 누가 다 푸냐 이걸?"

"수학 진심 미친 듯. 아, 씨발⋯⋯."

"이거 진짜 항의해야 돼. 이게 변별력이 있냐고, 그냥 다 좆망하는 거지."

아이들은 시험지를 말아 쥐고 교무실로 몰려갔다. 그런데 수학 선생은 눈을 동그랗게 뜨고서 아주 상냥한 목소리로 말했다.

"어머, 너희 그거 다 수행평가로 풀었던 문제잖아."

"네?"

"수행평가 문제집에 나와 있던 것들 조금만 변형한 건데. 너희가 이미 풀었던 문제니까 나는 당연히 빨리 풀 수 있을 거라고 생각했지. 그거 벌써 다 까먹었니? 수행평가 문제집 낸지 얼마나 됐다고? 너희 다 열심히 잘 풀었는데, 그래서 나는 당연히⋯⋯."

수학 선생은 자신이 어린아이들을 이겼다고 확신할 때마다 목소리가 지극히 나긋해지는 특징이 있었다.

"그래서 나는 당연히, 너희가 그 정도는 쉽게 풀 수 있다고 생각해서 낸 건데. 자비롭게 말이야, 아는 문제로만 도배해서. 그럼 기말고사는 그렇게 내지 말아야겠네. 어떻게 하라는 뜻인지, 원. 너희가 열심히 푼 문제들을 그렇게 빨리 잊어먹을 거라고는 생각도 못 했네. 공부를 하긴 한 거니?"

교실로 우르르 돌아온 아이들이 시험지를 찢어 버렸다. 진솔은 그 모습을 보며 생각했다. 무슨 말을 들었기에 저럴까. 교무실에 따라가지 않았기 때문에 아이들의 모습만 그저 지켜볼 뿐이었다. 아이들은 욕 섞인 비명을 지르더니 사물함에서 찾아온 각자의 수행평가 문제집을 펼치고는 쑥덕거렸다.

"그러면 우리도……."

"이렇게 하면……."

"이건 진짜 아니라고……."

그날 종례 시간, 교실에 들어온 담임은 기가 막힌다는 얼굴로 아이들을 휘 돌아보더니 입을 열었다.

"우리 반이 수학 꼴찌더라."

침묵이 무겁게 내려앉았다.

"그냥 꼴찌도 아니야. 평균이 1등 반이랑 비교해서 10점이나 낮아. 다른 반에는 90점 이상이 두세 명씩은 있는데 우리 반은 하나도 없어."

아이들은 아무도 입을 열지 않았다. 담임이 한숨을 쉬더니 그럼 그렇지, 하는 표정으로 뱉었다.

"첫 시험부터 이런 식으로 점수가 나올 줄은 몰랐다. 상담할 때 희망 대학은 아주 휘황찬란하게 써 놓고 말이야. 창피해서 못 견디겠다. 엉망으로 공부해서 이딴 점수를 받아 놓고, 너희는 지금 양심이 있는 거냐? 고등학교 잘 왔다고 방심하는 거야? 너희처럼 공부 대충 하는 애들까지 대학 보내 주지 않아, 우리 학교는."

아이들의 고개가 푹 떨어져 올라올 생각을 하지 않았다. 진솔은 마음이 조금 복잡해졌다. 자신은 수학 시험을 그렇게

망치지 않았기 때문이다. 해수에게 설명을 들으면서 문제집을 아득바득 풀어서인지, 아니면 해수의 수학 시험지를 부적으로 가지고 있어서인지는 불명확했다.

*

"야! 정진솔!"

시험 마지막 날, 종례를 마치고 복도를 걸어가는데 뒤에서 누군가 어깨를 턱, 잡으며 이름을 불렀다. 진솔이 화들짝 놀라 돌아보는데, 정신을 차릴 새도 없이 바로 옆에 있는 동아리실로 끌려 들어갔다. 방음 장치가 되어 있는 풍물실. 그 안에는 같은 반 아이들이 대거 모여 있었다. 영문을 몰라 눈만 둥그렇게 뜨고 있는데 뒤에서 문을 닫아거는 소리가 들렸다.

별로 친하지도 않은 아이들이었다. 자신에게 이렇게 굴 정당한 이유가 있기는커녕 교류조차 거의 없던 아이들. 진솔은 영문을 알 수 없었다. 왜 나를 이렇게 쳐다보는 거지. 왜, 모두가.

"너 때문에."

반장이 앞으로 한 발 나서며 말했다.

"너 때문에 우리 반이 수학 시험을 조졌잖아."

"뭐?"

"네 꾐에 넘어가서 우리가 수행평가 문제집 안 풀고 너한테 넘겼잖아. 너만 아니었으면 우리가 알아서 다 풀었을 텐데."

뭐라는 거야? 진솔은 입을 반쯤 벌리고 반장의 얼굴을 쳐다보았다. 귀에 들리는 말이 믿기지 않았다. 한두 명에서 알음알음 시작한 '대리 수행평가'가 들불처럼 번지게 된 이유가 바로 반장의 홍보 때문이었다. 제발 나도 연결해 달라고, 한 명만 더 받을 수 없냐고 진솔의 앞에서 사정사정하던 아이들이었다. 그런데 그들이 뒤에서 팔짱을 낀 채 반장의 말에 고개를 끄덕이고 있었다.

"네가 반 분위기를 완전 잡쳐 놨다고. 공부할 생각은 안 하고 사기 치는 법이나 가르치고. 다른 사통들은 어떻게든 성실하게 쫓아오려고 하는데, 너 같은 애 하나 때문에 착한 사통 애들 이미지 다 나빠지고. 우리가 손해 본다고, 너 같은 미꾸라지 하나 때문에. 알아?"

반장이 말했다. 몇 번 아이가 사통인지 읊으며 퍼뜨리라고 말하던 바로 그 목소리로. 그러고는 더 크게 소리쳤다. 이거 어떻게 책임질 거야?

"내가 뭘 잘못했다고 그래? 수행 대신해 달라고 할 땐 그렇게 간절하게 빌었으면서!"

이판사판이었다. 진솔도 비명을 지르듯 목소리를 높였다.

"나는 시험 안 망했어, 내가 스스로 했으니까. 너희가 사기 쳤으니까 벌받은 거잖아!"

말을 끝내자마자 머리채를 잡혔다. 그러곤 열 개가 넘는 손에 떠밀려 정신을 차릴 새도 없이 앞으로 고꾸라졌다. 미친 년, 지랄하네. 누군가는 얼굴을 쳤고 누군가는 팔뚝을 밟았고 누군가는 가방을 빼앗았다. 진솔은 몸을 웅크리고 눈을 질끈 감았다. 지금 꿈을 꾸고 있는 건가, 싶었다. 엄마 아빠가 그랬는데, 친하게 지내라고. 엄마 아빠가 그랬는데, 판검사가 될 친구들이라고…….

"야, 이거. 이 글씨."

진솔의 가방을 빼앗아 뒤지던 아이가 앞주머니에서 무언가를 꺼내 툭 던졌다. 바닥에 나풀나풀 떨어진 것은 해수의 시험지였다. 다른 아이들이 득달같이 달려들어 시험지에 눈을 들이밀었다.

"이거 수행평가 그 글씨 맞지. 7이랑 9 희한하게 쓰는 거."

그리고 다른 아이들의 목소리가 이어졌다.

"서원정보고 1학년 1학기 중간고사……? 정보고……?"

"실화냐?"

"야, 정진솔. 네가 지금…… 정보고 애한테 내 수행을 맡겼다고?"

15

학교가 발칵 뒤집혔다.

진솔의 오판이었다. 진솔은 해수에게 '일거리'를 물어다 주면서, 외고 아이들은 절대로 이 사실을 어른들에게 누설하지 않을 거라 확신했다. 그 애들은 자신에게 불똥이 튈 일은 하지 않을 테니까. 학급의 대다수가 진솔과 해수의 고객이었으므로, 행여나 문제가 생기더라도 대리 수행평가가 한 학급 내에서 빈번하게 이루어졌다는 사실을 모두 묵인하고 넘어갈 수 있을 줄 알았다.

그러나 아이들은 한 수 위였다. 자기 잘못을 심약한 어린아이의 실수로 치부하고, 그 죄의 무게를 능숙하게 진솔과 해수에게 넘겼다.

'학업 부담에 심리적으로 압박감을 받던 모범생들에게 사통 출신과 정보고생이 접근한다. 교묘한 설득 끝에 대리 수행의 유혹에 넘어가게 만든 후 이를 약점 삼아 돈을 갈취한다. 양심의 가책에 계속 스트레스를 받던 아이들은 결국 시험을 완전히 망친다. 이를 알아채고 단속하지 못한 학교에도 막중한 책임이 있다.'

아이들과 그 부모들의 주장이었다. 전혀 사실이 아닌 말들을 내뱉었다. 저는 얼굴에 주먹질을 당했고 발로 밟혔어요. 진솔의 말에 선생들은 입 다물라는 소리만 했다. 뭘 잘했냐고, 잘못했다고 머리를 조아려도 용서하지 못할 판이라고.

그래도 진솔은 버틸 수 있었다. 아니, 버틸 수 있을 거라고 여겼다. 해수의 얼굴을 외고 교무실에서 보기 전까지는.

*

"나를 이렇게까지, 쪽팔리게, 만들다니."

복도를 걷고, 교문을 나서고, 다시 다른 교문으로 들어가서 조금 전의 것과 비슷하게 생긴 복도를 휘청휘청 걸었다. 담임은 해수를 질질 끌고 가다시피 하면서 계속 숨찬 목소리로 말했다.

"내가 인마, 어? 얼마나 대단한 사람이었는지 아냐고. 서울대를, 여기서 몇 명이나, 보냈는데. 이사장 표창을, 몇 번이나, 받았는데. 나이 들었다고 버림받은 것도 서러운데, 너 같은 것 때문에 머리를 조아려야 한다고? 내가?"

쌕쌕거리는 숨소리에 가래가 가득 찬 질감이 더해졌다.

"너, 도대체 뭐 하는 애냐?"

뭐라고 답해도 그의 분노를 누그러뜨리지 못할 것을 알았다. 그래서 해수는 그저 이렇게 빙빙 돌아가는 것보다 훨씬 더 빨리 건너가는 길이 있는데, 과연 이곳에 평생을 바친 저 어른은 그 길을 모르는 걸까, 아니면 알면서도 발을 들이려 하지 않는 걸까, 혹은 잊은 걸까, 하고 속으로 중얼거리는 일밖에 할 수 없었다. 지하에 있는 교무수첩을 생각했다. 둥글고 슬픔이 묻어 있는 글씨.

외고 교무실에 들어서자 요란하기 그지없던 담임의 입은 딱 다물어졌고 얼굴은 죽은 사람의 것처럼 검고 딱딱해졌다. 커다란 책상에 앉은 남선생이 일어나더니, 오랜만입니다 선생님, 얘가 개인가요, 하고 물었다. 담임은 고개만 끄덕였다. 입술이 비틀리는 모습을 보고 해수는 고개를 떨궜다. 두 손으로 조끼 자락을 움켜쥐었다.

쉬는 시간인지 아이들이 교무실을 오갔다. 그들은 해수를 보고, 아마도 해수의 교복을 보고 한 손으로 입을 가리더니 수군거렸다. 토막토막 끊긴 낱말들이 해수의 귀에 와서 박혔다.

수행…… 돈 빼앗고…… 정보고…… 재수 없어. 다 수군댈 때까지 기다리고 나서야 선생들은 출석부와 지시봉을 휘둘러 아이들을 쫓아냈다.

수업 시간 종이 울렸다. 수업이 있는 교사들이 해수를 흘끔거리며 지나갔다. 곧 교무실이 고요해졌다. 기가 막힌다는 듯 팔짱을 끼고 한참 동안 해수를 바라보던 남자가 그제야 입을 열었다.

"개교 이래 이런 일은 처음이다."

어떤 일? 정보고 아이가 주제넘게 외고 애들의 과제물을 건든 것이?

"성적에 반영되는 중요한 수행평가 시험지를 이렇게 사기쳐서 제출한 건 정말 처음 본다고."

아닌데. 해수는 자기도 모르게 고개를 들었다. 진솔이 익히 이야기하지 않았는가. 선배에게 간과 쓸개를 다 빼 주고 얻은 독서 기록장, 석사 나온 과외 선생이 대신 작성해 주는 보고서들, 엄마가 매일 식탁에 앉아 해설지를 보고 직접 푼 듯 여백에 계산 과정을 적어 놓은 문제집들……. 그 이야기들을 이미 듣지 않았는가.

"야 인마, 우리 학교 애들이 얼마나 순수하고 열심히, 어? 공부밖에 모르고 사는 성실한 애들인데 네가 그 사이에서 이렇게 흙탕물을 튀기냐. 비겁하게 애들 힘든 걸 파고들어서. 어?"

그때 교무실의 문이 열리고 진솔과, 아마도 진솔의 담임으로 보이는 남자가 들어왔다. 해수는 진솔을 바라보았다. 진솔의 새빨간 얼굴과 구겨지고 얼룩진 교복을.

저 교복, 아직 못 빨았구나. 해수는 그 순간 그런 생각을 했다. 이틀 전 진솔은 길에서 넘어졌다며 여기저기 지저분해진 교복 차림으로 귀가했다. 서둘러 훌렁훌렁 교복을 벗고 잠옷으로 갈아입는 진솔을 보며 해수는 그저, 집으로 오는 내내 지저분한 옷을 입고 있던 게 부끄러웠겠지, 생각하고 말았다. 빨리 빨았어야 했는데 시기를 놓쳤다. 주말에 코인 세탁소에 가든지 집에 가서 빨아 줘야지, 그렇게 계획하고는 빨래통에 담긴 블라우스를 쳐다봤었다. 그런데 진솔은 그때처럼 시커먼 얼룩이 묻은 블라우스를 입고 있었다. 그때 빨래통에 넣은 그 블라우스인가, 아니면 다른 블라우스인가.

"따라와라. 담임 선생님들도 같이 가시죠."

남자가 그렇게 말하고는 교무실 문을 열었다. 네 부장님, 하고 진솔의 담임이 대답했다. 한 층을 내려가 도착한 곳은 교장실이었다.

*

"부모님 모셔 와!"

여러 사람의 목소리가 하나로 뭉쳐졌다.

"당장, 당장 부모님 모셔 와. 어디서 고마운 줄도 모르고 이딴 식으로 내 애한테!"

"우리 애 성적에!"

"학교 명예에!"

해수는 입을 꾹 다물고 두 손을 모으고 있었다. 반면 진솔은 호락호락하게 보일 생각이 없는 듯했다.

"계속 말하잖아요. 내가 협박이라도 했냐고요, 비용을 높이면서 제발 자기도 해 달라고 매달린 건 애들이라고요, 내가 아니라!"

"저런 발랑 까진 것을……."

"내가 모를 줄 알아요? 다른 사람한테 수행평가 맡기는 애들이 얼마나 많은지 내가 모를 줄 아냐고요. 다 거짓말로 점수 받아 내면서 왜 그렇게 양심적인 척하냐고요!"

"이제는 거짓말까지 하네?"

"우리한테 벌주고 싶으면 지금까지 수행평가 대신해 준 애들 명단 다 털 테니까 걔들 수행평가 점수도 빵점으로 만들라고요. 해수가 수학 수행만 해 준 줄 알아요? 영어 수행에, 독서 기록장이랑 영화 감상문까지 써서 만점 받아 줬다고요. 그거 다 빵점으로 만들어요, 그럼 인정할 테니까! 나한테 의뢰한 카톡 증거도 다 있으니까 절대 못 빼요, 못 숨긴다고!"

"쟤 좀 봐. 미치겠네, 진짜!"

펄펄 뛰는 사람의 얼굴이 한 남자애랑 꼭 닮아 있었다. 최고의 VIP. 다섯 과목 수행평가를 해수에게 맡긴 아이였다.

자, 자, 조금 진정합시다. 누군가 두 손을 펼치고는 가볍게 좌중의 소란을 가라앉혔다. 정장 차림의 남자였다. 이 와중에 배지를 달고 있었다. 국회의원 배지. 얼마나 대단해 보이려고 저걸 일부러 달고 오셨을까. 너무 우스워서 진솔은 그만 피식 웃어 버리고 말았다. 그 모습을 보고 아우성이 일었다. 국회의원이 다시 사람들을 진정시켰다.

"아이도 이유가 있어서 그런 짓을 저질렀을 것 아닙니까. 한번 찬찬히 물어봐야죠. 왜 이런 일까지 벌였는지. 몰아세우기만 하면 아이도 방어적으로 나올 수밖에 없습니다."

그러더니 국회의원은 해수에게 물었다.

"집이 많이 어렵니?"

해수가 대답하지도, 고개를 들지도 않자 이번에는 진솔에게로 시선을 돌렸다.

"네가 사통이라는 건 교장선생님한테 들었다."

진솔은 주위를 휘 둘러보았다. 다들 알고 있는 모양이었다.

"부모님이 힘든 살림에도 공부 열심히 하라고 무리해서 보내 주셨으면 보답을 해야지."

"반액 면제인데요."

저런 애들한테 돈을 주다니! 누군가 뒤에서 외쳤다. 내 세금 그렇게 박박 뜯어 가서, 저런 애한테!

"면제는 받아도, 다른 비용도 많이 들잖니. 보충수업도 그렇고, 급식비도 훨씬 비싸고. 나중에 외국으로 수학여행도 갈 텐데."

국회의원의 미간이 찌푸려지는 걸 진솔은 놓치지 않았다. 저 사람은 연기를 하고 있는지도 몰랐다. 자애로운 척, 위해주는 척.

"솔직히 말하마. 네가 이런 일을 벌이면 다들 무슨 편견을 가지는 줄 아니?"

듣고 싶지 않았다.

"사통이 사통다운 일을 저질렀다고, 그러게 왜 특혜를 주느냐고 얘기가 나와. 너 때문에 다른 애들까지 피해를 입는다고. 사통은 원래 다 그래, 라는 결론이 나온다고. 그러길 원하니?"

그때 갑자기 해수가 불쑥 입을 열었다.

"……그럼 일반전형은."

뭐? 국회의원이 해수 쪽으로 고개를 돌리며 반문했다. 지금 뭐라고 했지?

"그럼 그 잘나신 일반전형은요."

해수의 목소리가 덜덜 떨리고 있었다. 아무리 눌러도 감정이 숨겨지지 않는 듯했다.

"저 같은 정보고 학생한테 귀찮은 수행평가를 돈 주고 맡기는 거 보니까, 원래 다 인성이 그렇다는 결론을 내도 되겠네요."

그 순간, 나긋나긋하던 국회의원의 목소리가 갑자기 돌변했다.

"너는 뭘 잘했다고. 퇴학당해도 할 말 없는 년이 이게 무슨 말버릇이야."

그러고는 다시 부드럽게 진솔을 달랬다.

"그러게, 친구를 잘 사귀어야지. 일단 속 터놓고 이야길 하자. 해결할 방법이 있을 거야. 여기 어른들도 지금 감정이 격해져서 그렇지 절대로 너를 쫓아내자거나 그런 말을 하는 게 아니야. 적절한 벌은 받겠지만, 뉘우치고 갱생해서 다 같이 살아야지, 다 같이."

왜 나는 '뉘우친 후 같이 살고', 해수는 '퇴학'이지?

지금껏 온갖 비난을 받아도 꾹꾹 참으며 제 박동을 유지하던 가슴팍이 갑자기 거세게 움직이기 시작했다.

그렇구나.

진솔은 깨달았다.

이게 바로 엄마 아빠가 말하던 거구나.

나는 어쨌든 저들과 같은 세계에 발을 담근 사람, 아마도 언젠가는 흡수되어 어디서든 마주칠지도 모르는 사람. 그러니 조금은 잘해 주어야 하는, 아량을 베풀어야만 하는 대상.

그러나 해수는…….

해수는, 그럴 가능성이 없는 대상으로 인식되는 것이다. 자신들과는 다른 세계의 사람이라고, 어디선가 이해관계로 얽히고설킬 일이 없다고 여기는 것이다.

그러니 해수에게 아무리 모질게 굴어도 뒷일이 걱정되지 않는 것이다.

국회의원이 이곳에 모인 부모들을 달랬다.

"그래도 우리 애 이야길 들어 보니까 진솔이가 수업 시간에도 성실하고, 품행도 단정하고, 조용했다고 합니다. 아직 열일곱 살짜리인데 실수를 할 수도 있지 않습니까. 우리 애들도 실수한 거 맞고요. 다들 오죽 힘들었으면 그랬을까요. 진솔이도 이제 이런 실수는 하지 않을 겁니다. 이번엔 좋게 좋게 넘깁시다. 밖으로 얘기가 새 나가 봤자 우리 애들과 학교 이름에 먹칠하는 것밖에는 되지 않아요……. 진솔이한테 다시는 이런 일 없게 하겠다고 약속이나 받고 끝냅시다……."

"쟤는요? 정보고 쟤."

"저 친구는……."

남자가 턱을 어루만질 때마다 배지에 형광등 빛이 반사돼 번뜩였다.

"저 친구는, 제가 이미 정보고 교장선생님 만나 뵙고 얘기 나눴습니다. 정보고에서 합당한 처리를 해 주기로 약속하셨습니다."

"흐지부지되게 내버려 두면 가만 안 돼요."

진주 목걸이를 한 여자가 을러대자 해수의 담임이 말했다.

"제가 쪽팔려서라도 재는 꼭 쫓아냅니다."

담임선생이란 자가 한 말에 아무도 놀라워하지 않는 것을 진솔은 믿을 수 없었다. 여자는 다시 말을 이었다.

"그리고, 저 사통 애도요. 우리가 백번 양보해서 용서해 준다 해도, 부모 얼굴은 한번 봐야겠어요. 재가 집에 아무 얘기도 안 하면 그 부모는 자기 애가 밖에서 무슨 짓을 하고 돌아다니는지도 모르고 태평하게 있을 거 아녜요? 여기저기서 자기 애 외고생이라고 자랑하고 다닐 거잖아요! 그럴 순 없지, 우리가 이렇게 힘든데. 외고생다운 외고생도 아닌데."

맞아요, 맞아. 여기저기서 동조하는 말소리가 이어졌다. 지금껏 입을 꾹 다물고 있던 교장이 마침내 나섰다.

"그래요, 그럼 날 잡아서 진솔이랑 진솔이 부모님이랑 같이, 어, 사과하는 자리를 만들겠습니다. 그러고 끝내는 것으로 합시다."

"우리 애들도 불러야죠. 수학 시험 보고 집에 와서 얼마나 울었는지 아세요? 전학 가겠다는 걸 일주일 동안 말렸다고요."

"뭣도 모르던 애들이 상처를 너무 많이 받았어요."

"어른이라면, 어린아이들 앞이라도 잘못한 건 인정할 줄 아는 사람이어야겠죠."

누군가 진솔을 위아래로 훑어보며 말했다.

"본인 자식이랑 같은 반이 아니었다면 우리 애들이 이런 시련을 겪을 일도 없었을 텐데, 설마 자식이라고 감싸고돌까요? 그렇게 양심이 없을까요?"

그러고는 목소리를 반의반 정도로 낮춰 중얼거렸다.

사통으로 들어온 주제에······.

16

해수의 담임은 정보고 교무실로 돌아오자마자 마치 드라마의 한 장면처럼 자기 책상을 두 손으로 내리치더니 그 위에 있던 물건을 죄다 쓸어서 바닥으로 떨어뜨렸다. 책은 펼쳐진 채로 떨어져 구겨졌고 머그 컵은 산산조각 났다. 그 위로 아가일 무늬가 프린트된 손수건이 하늘하늘 내려앉았다.

"내가, 내가…… 내가 교직 생활 30년 동안 이렇게 치욕스러운 때가 없었다."

담임의 손이 노인의 것처럼 떨리고 있었다. 해수를 향해 이해할 수 없는 말들이 날아왔다.

"핸드폰 들어. 네 부모 번호 찍어. 여기로 오라고 해. 이 사달이 났는데 얼굴 한 번 안 비치고, 그럴 수가 있나?"

그러더니 중얼거렸다.

"왜 보란 듯이 나 쪽팔리게 외고에서 외고 애들이랑……
아니, 돈이 그렇게나 필요하면 자전거를 훔치든지, 차라리 몸
을 팔든지…… 그러면 누가 뭐라고 하냐고, 어? 아, 요새 애들
진짜……."

차라리 몸을 팔라고?

해수는 두 귀를 의심했다.

"어쨌든 퇴학시켜도 너는 할 말 없어, 인마."

그 말엔 의심의 여지가 없어 보였다.

담임은 해수가 찍은 번호로 전화를 걸었다. 당연히 아무도
응답하지 않았다. 한 번을 더 걸더니 곧이어 출석부로 해수의
머리를 내려쳤다. 인마, 번호 똑바로 대라고! 해수는 기어가는
목소리로 대답했다.

"번호 맞아요……. 입학식 날 인적 사항 낼 때도 적어 놨어
요. 확인해 보세요……."

하기야, 해수의 부모에게 전화 한 번 문자 한 통 할 일 없
던 담임이었다. 담임은 먼지 쌓인 책꽂이에서 학생 파일을 찾
아내 열어 보고는 지금 받은 전화번호와 대조했다. 그러곤 두
번을 더 전화하더니 기어이 욕을 뱉었다. 그 딸에 그 부모구
먼. 이렇게도 말했다.

진솔의 담임은 진솔의 부모를 기억하고 있었다. 두 분이서 작은 가게를 하신다고 했지? 그러면 언제든 셔터 내리고 오실 수 있는 거잖아, 그치? 교장선생님이랑 의논해서 시간 잡을 테니까 그날 오시라고 말씀드려라. 죄송하지만 시간까지 맞춰 드릴 수는 없다고. 어쨌거나 잘못한 건 너니까.

"쌤도 저랑 해수만 잘못했다고 생각하세요? 돈 내고 수행을 날로 먹은 애들한테 제가 사과해야 한다고?"

진솔이 묻자 담임은 아, 골이 울린다, 잠시만, 하고 이마에 손을 짚었다가 떼었다. 그러더니 진솔의 이름을 불렀다.

"진솔아."

"네."

"좋게 좋게……."

담임이 손을 휘휘 저었다.

"좋게 좋게, 가장 빨리 해결할 수 있는 방법이 있으면 그 길로 가야지. 이 일이 커지면 너도, 그 정보고 애도 얼마나 다칠지 생각이 안 되니? 부모님께도, 혹시 다른 마음이 생기셨다고 하면, 꼭 말씀드려라. 정말 큰일 날 수도 있는 걸 막는 길이라고 말이야. 외고에서만 30년 일한 교장선생님이 내린 해결 방법에는 이유가 있는 거야. 지금 널 위해 이러는 거라고, 정진솔."

*

사라진 엄마 아빠를 어디서 불러와야 할까.

진솔과 해수는 자기 담임에게 부모님이 사라졌다는 이야
기를 할 수 없었다. 이야기해 봤자 그 순간을 모면하기 위한
거짓말로 들릴 게 분명했다. 그리고 그 어른들이 무언가 해 줄
거라는 기대와 믿음도 없었다. 아마도 몹시 피곤해할 것이다.
그러고는 투덜대겠지. 역시 말썽부리는 놈들은 하나만 하지
않는다고, 그런 말이나 할 테지. 게다가, 부모님이 돌아오는 것
은 어쨌거나 둘 다 원하지 않는 일이었다.

지하 방에는 적막만이 내려앉아 있었다. 진솔은 해수가 당
하던 모욕을 곱씹느라, 해수는 진솔이 그 좋은 학교에서 낙인
찍힌 게 자신 때문이라고 자책하느라 아무 말도 꺼내지 않았
다. 그저 서로 등 돌리고 누워 숨만 쉬고 있을 뿐이었다. 둘의
어깨가 미세하게 위아래로 오르내렸다.

둘은 그 적막을 오해했다. 서로 자기 때문에 화가 났다고
오해했다. 진솔이 이른 등교 시간에 맞추어 학교에 갈 때까지
해수는 일어나지 않았다. 누워서 부은 눈꺼풀만 끔벅거리고
있었다.

무슨 말을 어떻게 해야 할지 알 수가 없어서.

진솔은 학교에 가면서 그만 엉엉 울고 말았다. 등굣길에 길을 몇 번이고 잘못 들어섰다. 학교에 가서는 내내 엎드려 있었다. 수업 시간에도 고개를 들지 않았다. 쟤 누구니, 쟤. 선생님이 물으면 아이들이 대답했다.

"쟤, 걔예요. 걔."

그 어떤 설명이 이어지지 않아도 선생들은 더 묻지 않았다. 못 들을 걸 들었다는 듯 헛기침을 한 번 하고는 진솔을 일으켜 세우려고도 하지 않고 수업을 이어 나갔다.

해수는 그날 학교에 가지 않았다. 어차피 자기 말고도 학교에 오지 않는 아이들은 많았다. 등교하지 않으면 담임이 형식적으로 한 번씩 전화를 걸고 만다고, 안 받으면 장땡이라고 아이들은 말하곤 했다. 그래서 그냥, 온종일 이불에 파묻혀 있었다. 자꾸만 잠이 쏟아졌다. 꿈속을 헤매다 눈뜨면 햇빛 한 번 받은 적 없는 방 특유의 고단한 어둠이 해수의 몸을 덮고 있었다.

매일같이 자신을 데리러 오던 해수가 오늘은 오지 않았다. 학교에서 돌아온 진솔은 이불 속에 있는 해수를 발견했다. 아침과 똑같은 잠옷 차림에 기름 낀 머리, 눈곱이 가득한 눈으로 이불 속에 고치처럼 누워 있었다. 진솔은 그 모습을 보고 먼저 말을 걸고 말았다.

"너 학교 안 갔어?"

해수는 대답하지 않았다. 진솔은 바닥에 주저앉고 싶은 마음을 간신히 억누르고는, 해수의 이름을 불렀다.

"해수야."

해수는 대답하지 않았다. 몸을 움직이지도 않았다. 진솔은 말했다.

"나 때문이야. 나…… 나갈까? 나 염치없다, 그치. 이 방도 다 네 돈으로 얻은 건데……."

"뭘 나가. 나가서 어딜 가려고."

그렇게 딱딱한 해수의 목소리는 처음이어서, 진솔은 아무 말도 하지 못했다. 해수가 다시 낮은 음성으로 중얼거렸다.

"갈 데 없잖아 너. 집은 무서워서 못 갈 거잖아. 너 신세 질 친구도 없잖아, 나 말고는. 나 말고는 너, 믿을 사람 없잖아."

"뭐?"

"나가서 고생하지 말고 여기 있으라고 그냥. 네가 그렇게 나가면 내 속이 편하겠어? 나만 나쁜 애 되잖아. 같이 잘못해 놓고 외로운 친구 쫓아낸 나쁜 애. 그게 무슨 사과가 된다고."

"너 방금 나한테…… 친구 없다고, 믿을 데 없다고 그랬어?"

"나 나쁜 애 만들지 말라고. 너한테 화난 거 아니니까. 그 냥 머리 아파서 누워 있는 거니까."

그렇게 모진 말을 뱉으며 해수는 몸을 움직이지도, 얼굴을 보이지도 않았다.

진솔은 일어섰다. 눈물이 났다. 울면서 몇 개 되지도 않는 자기 소지품을 챙겼다. 가뜩이나 무거운 가방에 그걸 다 집어넣고는, 운동화를 신었다. 그리고 조금 머뭇거리다가 아무 말도 없이 문을 열고 밖으로 나갔다. 방금 태어난 아이처럼 크게 엉엉 소리를 내면서 사라졌다.

귀만 쫑긋 세우고 있던 해수는 모든 소리를 들었다. 어떻게 해야 할지 몰라서 움직이지 않았다. 지금 일어나서 내가 잘못 말한 것 같다고, 그런 뜻이 아니었으니 그만 울고 잊어 달라고 말할 힘도, 용기도 없어서 누워 있었다. 그리고 한참 후에야 비로소 너무 늦은 밤이라는 생각이 들어서, 여자애 혼자 이 밤에 저토록 무거운 가방을 메고 나가게 했다는 사실에 경악하며 벌떡 일어났다. 슬리퍼를 꿰어 신고 층계를 뛰어올라 공동현관을 지나쳤다. 그러나 이미 진솔의 모습은 사라지고 없었다.

그리고 그날 처음으로 유령들이 나타났다.

17

　지하 방을 나와 지상에 도달한 순간부터, 유령들은 아무 데서나 불쑥 출몰했다. 등굣길 전봇대 뒤에서, 옴짝달싹할 수 없는 만원 버스 안에서, 교실로 들어오는 선생님 뒤에서, 화장실에서, 복도에서, 편의점에서, 그리고 대체 부모님께 말은 한 거냐고, 네 부모는 왜 전화도 안 받느냐고, 매일 교장에게 오늘도 '문제의 그 부모'와 연락이 되지 않는다며 보고하는 자기 낯이 얼마나 부끄러운지 아느냐고 다그치는 담임의 의자 밑에서.

　아주 익숙한 얼굴의 유령. '문제의 그 부모'와 같은 얼굴을 한 유령이 두 손을 늘어뜨리거나, 바닥을 기거나, 천천히 흔들거렸다.

유령들이 조용했다면, 그러니까 마치 공포영화에서처럼 무시무시한 눈길로 노려보기만 했다면 버틸 수 있었을 것이다. 그러나 문제는 유령들이 계속해서 지긋지긋한 목소리를 낸다는 데 있었다. 유령들은 계속해서 지껄였다. 제대로 된 문장이나 맥락 있는 단어의 나열이 아닌, 그저 파편들뿐이었다. 접시를 바닥에 내던지듯 온전한 문장들을 산산조각 낸 다음 고친답시고 서로 다른 조각을 이어 붙인 것처럼, 알아들을 수 없는 소리를 주절거렸다. 가끔은 아주 크게 소리를 지르기도 했는데, 그럴 때마다 경기를 일으키듯 놀랄 수밖에 없었다.

알아들을 수 있는 단어들도 가끔 있었다. 돈. 돈. 돈. 딱 한 글자의 단어라 가능했다. 어느 날은 자기도 모르게 귀가 뜯길 것처럼 긁다가 짝꿍에게 손목이 잡히기도 했다. 그 단어는 벌레 같았다. 귓구멍에 기어 들어가 알을 줄줄이 낳을 것만 같은, 그런 벌레.

이해할 수 없는 것은 자기 부모 외에도 두 사람이 더 보인다는 사실이었다. 진솔과 눈이 닮은 남자, 코가 닮은 여자. 왜일까. 해수는 어쩌면 그것이 일종의 악의일지도 모른다고 생각했다. 타인에 대한 악의. 타인은 어떻게 되든 상관없는 이들의 악의. 비겁한 어른들의 악의. 침이라도 뱉고 싶었으나 실체 없는 환상에서는 아무런 소용이 없었다. 침은 그저 바닥으로 맥없이 떨어져 내릴 뿐.

아직도 경찰에서는 아무 연락이 없었다. 이 유령이 환상이 아니라면? 정말로 이 세상에서 부모님이 사라진 거라면? 그이유가 나 때문일까. 내 저주 때문일까. 그래서 이 모든 일이 일어난 걸까. 나한테 복수하려고. 나 벌받게 하려고 내 앞에 저런 식으로 모습을 나타내는 걸까.

교실에 우두커니 앉아 있던 해수가 손에 빗을 쥐고 놓기를 반복했다. 쥐었다가, 놓았다. 그러곤 다시 빗을 쥐고 한참 그 빗을 바라보다가 급히 화장실에 가려는 듯 벌떡 일어났다. 일어났다가, 다시 앉았다. 빗을 책상 서랍 속에 넣었다. 그리고 두 팔을 책상 위에 올리고 그 사이에 얼굴을 묻었다. 빗이 계속해서 말을 걸었다.

한 번만.

한 번만 찔러 봐.

한 번만.

그럼 나아질 거야.

불안에 떠는 해수의 모습을 반 아이들이 기민하게 눈치챘다. 이상하게도, 혹은 고맙게도, 평상시에 해수를 조용한 친구로 여기며 별 신경을 쓰지 않았던 아이들이 하나둘씩 시답잖은 말을 건네며 해수를 챙기기 시작했다.

"왜 이렇게 땀을 흘려? 어디 아파?"

"야, 해수야. 거기 땡볕이다. 여기로 와."

"너 왜 이렇게 밥을 안 먹어. 야, 입 벌려. 네가 아기냐? 떠먹여 줘야 먹고. 참 내."

아이들은 모두 외고 교무실에서 무슨 일이 있었는지 어렴풋이 알고 있었다. 해수가 등교하지 않았던 날, 담임이 화를 퍼부으며 떠들었다고 했다. 그러나 아이들은 '그래서 해수가 무슨 잘못을 한 건데?' 같은 반응을 했다.

"돈을 준 건 외고 애들이잖아, 부당하게 수행 점수 챙겨 간 애들도 걔들이고. 걔들이 자기 무덤 판 건데, 왜 해수만 가지고 지랄인데?"

뒤에서 쑥덕대던 소리의 데시벨이 점점 커진 것은, 누가 봐도 해수의 상태가 '제정신이 아닌' 것 같다고 느껴지기 시작했을 때부터였다. 착하고 똑똑한 우리 해수가 얼마나 상처받았으면. 아이들은 분노했다. 그 외고 교무실에서 얼마나 모멸감이 들었으면 애가 저렇게 돼?

누군가 퍼 나른 캡처본이 기름을 부었다. 외고 재학생 카페에 올라왔다는 게시물과 댓글들. 해수가 교무실에서 들은 말들과 비슷한 내용이었다. '정보고라서, 정보고 따위가, 하여튼 정보고랑 같이 붙어 있어서, 사통이라서, 사통 따위가, 사통은 대체 왜 뽑아서.' 그런 말들이 익명게시판에 주르르 올라와 있었다. 마치 누가 가장 욕을 잘하는지 경쟁이라도 하듯 문장 하나하나에 날이 서 있었다.

여자 반, 남자 반 할 것 없이 모두 들끓었다. 곧 정보고 학생들 대부분이 들어간 거대한 단톡방이 생겼다. 재단이 얼마나 정보고를 차별하는지부터 성토는 시작되었다. 인력시장에서처럼 우리를 가지고 장사해 돈 버는 주제에 1인분의 사람 취급도 하지 않는다면서. 며칠 후에는 졸업한 선배들까지 합세했다. 고3 때 학교에서 취업을 주선해 준 업체들이 얼마나 악질 기업이었는지, 부당함을 토로하는 자신들에게 입을 다물도록 어떻게 강요했는지 봇물 터지듯 나왔다.

그 와중에 담임은 또다시 해수를 불러 퇴학을 운운했다. 이전 같았으면 다들 별다른 관심도 없을뿐더러 그저 오늘도 누군가가 담임의 화풀이 대상이 되는구나, 하고 생각했겠지만 이제는 달랐다. 둘 다 잘못했는데, 왜 외고 애들은 아무런 처벌을 받지 않나요? 왜 정보고 학생이 사과해야 해요? 재학생들은 단톡방에서 졸업생들에게 와글와글 물었다. 가뜩이나 사회에 보호구 하나 없이 튕겨 나가면서 가슴에 응어리가 똘똘 뭉쳐 있던 졸업생들은 집단행동을 계획하기에 이르렀다.

- 묻히지 않을까? 우리 학교 다닐 때 운동장에서 특성화고 교육권 보장하라고 피켓시위를 했는데도 묻혔잖아.

어느 졸업생이 말하자 다른 졸업생이 대답했다.

- 아니, 이번 일에서 힌트를 얻은 게 있어. 그렇게 성적이 중요한 인간들이니까, 성적이 결정되는 중요한 날 들쑤시면 절대로 이

일을 물을 수 없을걸. 우리끼리 착하고 평화롭게 시위하면 아무도 안 들을 거야. 콧대 높은 놈들이 자기가 피해받고 있다고 생각해야, 주목이라도 받을 수 있다고.

학창 시절 학생회장이었으나 지금은 전공과 전혀 상관없이 콜센터에서 일한다는 선배가 이어 말했다.

- 조금이라도 피해를 봤다고 느껴야 그들의 저열한 면을 까뒤집어 보여 줄 수가 있거든. 전쟁은 꽃으로 하는 게 아니야. 난 그걸 일하면서 배웠어.

두려움에 떠는 해수를 아이들 몇 명이 돌아가며 매일 지하방에 데려다주었다. 어떤 애는 아르바이트 시간까지 바꿔 가면서 해수의 하굣길을 챙겼다. 유령들이 나타날 때마다, 이상한 각도로 사지를 꺾으며 기어다닐 때마다, 외고와 재단과 이 빌어먹을 세상에 대해 걸쭉한 욕설을 퍼부으며 해수가 두려움에 떨지 않게 해 주었다. 물론 아이들은 유령을 볼 수 없었다. 그저 하얗게 질려 있는 해수를 보면 해수가 다시 정신을 차리고 자기들 옆에 발을 붙일 수 있도록 일부러 목청을 틔워 소리쳤을 뿐이었다.

해수는 그게 고마웠다.

그리고 해수는 진솔이 걱정되었다.

밥은 먹고 다니나, 학교에서 따돌림당하고 있는 건 아닌가,

아무도 없는 집에서 혼자 두려움에 떨며 잠도 제대로 못 자는 건 아닌가. 이런 걱정은 그전부터 하고 있었지만, '서원외고 습격 프로젝트', 일명 '습격'의 계획이 점점 가시화되면서 더 전전긍긍하게 되었다.

물론 선배와 동기들의 마음을 이해하지 못하는 것은 아니었다. 해수도 마찬가지였으니까. 그날 외고에서 있었던 일만 생각하면 폭탄이라도 던지고 싶었다. 자기 말고도 더 많은 사람이 학교와 선생이란 탈을 쓴 권력에게 상처받았다는 사실을 알수록 더더욱 열이 올랐다.

그러나 만약 습격이 실제로 실행된다면 제일 먼저 피해를 볼 사람은 애꿎은 진솔이었다. 해수는 그걸 원하지 않았다. 그러니 진솔을 만나야 했다. 들불처럼 일어난 정보고의 불만을 잠재울 방도는 없으니 어떻게든 조심하라고, 그 말이라도 진솔에게 전해야 했다.

하지만 진솔을 어떻게 만난단 말인가? 진솔을 쫓아낸 것이 자신인데. 뻔뻔하게도 이제 와 연락해서 얼굴 보자고 할 용기가 없었다. 그날 해수는 정말 힘들었다. 그러나 그 화살을 진솔에게 돌리면 안 되는 거였다. 지금 진솔에게 아무렇지 않게 연락한다면, 그것은 타당한 이유 없이 타인의 얼굴을 후려친 후 미안하다는 말 한마디로 모든 죄악을 덮을 수 있다고 믿는 어른의 행위나 다름없었다. 가장 최악이었다.

어떻게 하면 최악이 아닌 모양새로 다시 진솔에게 다가갈 수 있을까.

하루에 백번은 핸드폰을 들었다 놓고, 피가 날 때까지 입술을 잘근잘근 씹고, 유령이 나와도 알아채지 못할 만큼 오래 고민했지만 해수는 뾰족한 방법을 찾지 못했다.

그리하여 마지막으로 택한 방법은, 그 지하 통로를 다시 찾는 것이었다. 그 통로에서 방법도 모른 채, 미래가 어찌 될지도 모른 채 백여덟 번이나 절을 하며 빌었던 그날이 모든 것의 시작일지도 모르니까.

18

지하 통로를 마주하는 것은 엄마 아빠가 사라진 후로 처음이었다. 해수는 혹시 몰라서, 텅 빈 교실에 가만히 앉아 그간 통로에 갔던 시간, 외고의 저녁 식사 시간까지 기다렸다. 단톡방은 여전히 떠들썩했고 교실은 고요했다. 엄마는 머리를 풀고 마룻바닥 위를 기어다녔다. 아빠는 손톱으로 칠판을 긁었다. 자음과 모음이 마구 뒤섞여 빗물 위에 떠다니는 더러운 담배꽁초처럼 교실을 더럽혔다. 해수는 친구가 빌려준 만화책에 코를 박고 절대로 눈을 떼지 않았다. 만화책에서는 세상을 떠난 엄마가 보고 싶은 나머지 연금술로 엄마를 다시 만들어 내려다가 저주를 받은 어린 형제의 이야기가 나왔다.

완전 반대네. 해수는 생각했다. 그리고 비록 저주를 받긴 했어도 그 형제가 부럽다고 생각했다. 그 정도로 엄마를 사랑했으니까. 엄마를 다시 만들어 낼 정도로 그리웠던 것이다. 자신처럼 있었던 사람을 없애 달라고 빈 것이 아니다.

내가 누군가를 저런 식으로 그리워할 수 있을까? 나는 그럴 수 있는 사람일까? 나에게도 사람을 사랑하는 능력이 있을까? 유령을 보는 것은 인간답지 못한 내게 내리는 벌일지도 몰라. 자신을 낳아 준 부모를 미워한 죄로 하늘에서 내린 벌.

해수는 그렇게 곱씹으며 만화책을 읽었다. 그러다 시계를 보았다. 정확히, 내려갈 시간이었다. 몇 달 동안 매일같이 통로에서 진솔을 만나며 몸에 밴 시간관념은 쉽게 없어지지 않았다.

"……드디어 왔네."

먼저 입을 연 사람은 진솔이었다. 그러나 말보다 몸으로 먼저 용기를 낸 것은 해수였다. 방금까지도 자신의 존재에 계속 회의하며 이따위로 삶을 계속 버텨 낼 필요가 있을까, 라고 생각하고 있었다. 그런데 진솔이 우두커니 익숙한 방에 앉아 있는 것을 보자마자 자신에게도 그리운 존재, 어떻게든 다시 찾고 싶은 존재가 있다는 걸 깨달았다. 꽉 껴안고 나니 퍼즐 조각처럼 익숙하게 맞아떨어졌다. 둘이 함께한 경험들이 가득 쌓여서 이제는 몸 안에 진솔이라는 이름의 폐나 쓸개가 하나쯤 해수에게 더 있을지도 몰랐다.

진솔은 지하 방을 나온 그날부터 계속 통로에 와 있었다고, 언젠가는 올 거라고 믿으면서 기다렸다고 말했다. 저녁 식사 시간뿐 아니라 점심 시간, 쉬는 시간에도 계속 통로에 내려왔다고 했다.

"애들이 자꾸 시비를 걸어서. 우리 반 애들 말고 다른 반애들도 그래. 처음엔 책상에 엎드려 있었는데, 잠도 못 자게 깨우더라고. 그리고 좀 잠잠하다 싶으면 담임이 불러서 계속 부모님 언제 오시냐고 혼내고……. 그래서 애들도 담임도 나 못 찾게, 종 치면 바로 교실을 뛰쳐나왔는데, 갈 곳이 없잖아……. 결국 여기 내려와 있었어."

말도 안 되는 일이었다. 쉬는 시간 10분이면 지하 2층까지 내려왔다가 숨 돌릴 틈도 없이 다시 올라가야 했을 것이다. 그럼에도 불구하고 진솔은 매일 그렇게 오르내렸다는 이야기였다. 땀을 뻘뻘 흘리면서.

"얼마나 힘들었어."

"내가 잘못했어."

해수가 말했다.

"내가 너한테 그렇게 신경질을 내면 안 되는 거였는데."

"네가 언제 신경질을 냈어, 너 신경질 낸 적 없어."

진솔은 그러더니, 입술을 한참 깨물고 있다가 조심스럽게 입을 열었다.

"그거 말고도, 여기 들어온 이유가 하나 더 있어."

"뭐?"

"해수야. 나, 미쳤나 봐. 나 이상한 게 보여. 환청도 들려. 너무 시끄럽고 너무 무서워. 그런데 여기서는 안 보이거든. 여기서만 안 보여. 여기만 조용해."

그 말을 듣자마자 해수가 울음을 터뜨렸다. 안도의 눈물이었다. 나만 그러는 게 아니었어. 그리고 위로의 눈물이기도 했다. 진솔아, 나도 그래. 나도 그런 게 보여.

우리는 어디서부터 단추를 잘못 끼운 걸까?

우리가 뭘 잘못했을까?

잘못한 것이 있다고 믿어, 너는?

*

둘은 서로 떨어져 있는 동안 일어났던 일들에 대해 이야기를 나누었다. 해수는 습격에 대해서 말했다.

"이제 계획이 거의 세워졌나 봐. 그런데, 나는 너무 무서워. 어떤 결말이 나올까. 결국 내가 원인인데, 내가 선배랑 애들 인생 망가뜨리는 건 아닐까 너무 두려워."

"네가 왜 원인이야."

진솔이 말을 잘랐다.

"원인은 어른들이고 너는 피해자인데."

진솔은 학교 이야기를 하지 않았다. 그것이 지금 진솔이 얼마나 힘든지 짐작할 수 있는 증거란 걸 해수는 알고 있었다. 그래서 손톱을 세워 모든 걸 찢어발기고 싶은 심정이었다. 진솔은 학교 이야기 대신 다른 이야기를 해 주었다. 놀라운 이야기였다.

"나, 저녁 시간 말고 다른 때도 여기 왔다고 그랬잖아. 그때, 이 통로에서 다른 사람을 만났어. 아니, 다른 사람들을 만났어."

해수의 눈이 번쩍 뜨였다.

"어른들이야. 두 명."

"어른들?"

해수의 억양을 진솔은 바로 알아들었다.

"그런 어른 말고. 좋은 어른……. 여기 청소하고 꾸며 놓은 게 다 그분들이었어. 네가 처음 여기 들어올 때 문이 잠겨 있지 않았던 것도 그분들 때문이었어. 여기서 쉬려고 열어 두셨대. 여기밖에 쉴 곳이 없어서……. 원래는 새벽이랑 오후에만 슬쩍 열었다가 몇 시간 후 다시 잠그고, 그러셨대. 그러다가 우리 흔적을 보고 나서는 계속 열어 두셨대. 여기서밖에 쉴 수 없는 애들도 있겠구나, 하는 생각에……."

진솔은 잠시 숨을 몰아쉬다가 다시 말을 이었다.

"그리고 그 선생님 얘기도 들었어. 교무수첩 쓴 선생님."

그렇지. 해수는 생각했다. 그런 이라면 지당하게도 어른이다. 그런 사람만이 어른이라고 할 수 있을 것이다.

"그럼 나도 만나 볼래."

해수가 말했다. 그러자 진솔이 대답했다.

있잖아, 심지어 그 두 분은 우리랑 되게 비슷해.

19

새벽 6시 30분, 곰팡내가 나는 지하 통로.

두 어른은 퉁퉁 부은 얼굴로 팔 벌려 진솔과 해수를 맞았다. 진솔과 해수는 쭈뼛쭈뼛하다가 그들의 품으로 들어갔다. 두 사람 역시 부은 얼굴이었다.

"우릴 보러 오겠다고 둘 다 이렇게나 일찍 일어났네. 힘들었겠다."

어른들은 아이들이 대견하기도 하고, 미안하기도 하다는 듯 말했다. 한 사람은 연림, 그리고 다른 한 사람은 미희였다. 두 사람은 두 학교를 청소하는 청소업체 직원이었다. 둘 다 예순둘로 동갑에 서원재단에서 일한 지 5년째라고 했다.

해수는 학교에서 청소 노동자를 한 번도 본 적이 없었다. 아마 아이들 대부분이 자신과 마찬가지로 무심할 것이었다. 아이들끼리 당번을 정해 교실과 교무실, 그리고 특별실을 청소했기에, 그게 전부인 줄 알았다. 로비와 창틀, 계단과 식당 구석구석은 저절로 깨끗해지는 것만 같았다.

진솔은 입학식 날 '시설 관리사'라고 불리는 이들이 무대에 올랐던 것을 본 적이 있었다. 우리가 공부할 학교를 언제나 반짝반짝 빛나게 해 주실 분들이라며, 혹시라도 마주치면 언제나 밝고 공손하게 인사하라면서 교장이 학생들에게 소개했다. 그러나 정작 교장은 그날 시설 관리사들이 학생들에게 허리 굽혀 첫인사를 하도록 시켰다. 이런 일은 아무 문제가 아니라고 생각하는 듯했다. "잘 부탁드립니다, 훌륭한 학생분들." 시설 관리사들은 일렬로 서서 인사를 했다. 아이들은 짤깍짤깍 박수를 쳤다. 그러고는 일주일도 지나지 않아 먹고 남은 쓰레기를 아무렇게나 버렸고, 복도에 껌과 침을 뱉었다.

연립은 외고의 시설 관리사, 미희는 정보고의 청소 노동자로 같은 업체에 고용된 이들이었다. 월급도, 근무시간도 동일했다. 두 사람이 새벽에 나오는 이유는 그들이 눈에 띄는 것을 양측 교장과 재단 사람들이 바라지 않기 때문이었다. 그래서 새벽에 나와 청소하고, 아이들의 등교 시간에는 숨었다가, 수업 시간에 다시 후다닥 쓸고 닦았다. 마치 몸을 드러내지 않는 유령처럼. 업체에 고용된 사람들은 일의 강도를 못 견디고 자주 바뀌었다. 두 사람만큼 오래 일한 사람은 없었다. 그래서 둘은 대부분의 시간을 함께 견뎠고, 함께 지하에서 쉬었다.

"그리고 한 사람이 더 있었지."

해수가 두 손으로 입을 막았다. 누군지 알 것 같아서.

"맞아, 네가 생각하는 이가."

연림이 고개를 끄덕였다.

"사실 내가 데려왔어. 그 선생님, 아주 심하게 따돌림을 받고 있었거든. 내 딸 같아서 도저히 모른 척할 수가 없더라."

죽은 사람의 이름은 '하나'였다.

하나는 서원정보고를 졸업한 후 대학에 갔고, 조금 더 '높은' 대학으로 편입했고, 교육대학원에 진학해 석사를 딴 후 서원외고의 사회과 기간제교사로 채용되었다. 육아휴직 대체였다. 그런데 출근하자마자 아이들의 집단적인 냉대에 맞닥뜨렸다. 생전 본 적도 없는 아이들이 하나가 정보고 출신이라는 것을 알고 있었다. 첫날부터.

학교에서는 초임인 하나에게 임시 담임을 맡겼다. 육아휴직을 한 교사의 학급에 서툰 초짜를 집어넣는 것은 오랜 관행이었다. 학부모들의 불만을 부러 드높여서, 육아휴직을 한 교사를 당초 계획보다 이르게 복귀시키려는 꼼수였다.

"정보고 출신이 어떻게 우리 애들 담임인 거죠?"

출근 첫날부터 교무실에 항의 전화가 왔다. 교무실 대표번호로 걸려 오는 전화를 막내인 하나 본인이 받는데도 불구하고, 그 누구도 당황하거나 미안한 기색을 보이지 않았다.

"지금 우리 애 학급만 차별당하는 거 알죠? 다른 반은 다 좋은 선생님 달아 주고, 우리 애만 이렇게?"

'좋은 선생님'이 무엇이냐고 물으면 수화기 너머의 그 사람은 뭐라고 대답할까.

학기 초에 아이들은 하나의 수업을 듣지 않거나, 화장실에 간다고 나갔다가 돌아오지 않거나, 하나가 무언가를 설명할 때마다 이상한 소음을 내곤 했다. 그래도 하나는 꾹 참았다. 열심히 하는, 잘하는 담임이란 걸 보여 주면 마음이 돌아서겠지 싶어 안간힘을 썼다. 몇 년간의 대학 진학 실적과 커트라인, 합격자의 생활기록부 특이사항을 달달 외운 후 진학 상담을 했고, 수업 준비를 하느라 밤늦도록 일하다가 퇴근하기도 했다. 아이들이 공부하는 모습을 찍어 매일 저녁 학부모들에게 일일이 문자를 전송하는 것도 잊지 않았다.

그러나 상황은 나아지지 않았다. 오히려 하나를 향한 괄시는 점점 심해졌고 스승의 날에 정점을 찍었다. 외고에는 스승의 날에 담임에게 얼마나 특이한 이벤트를 열어 주는지 경쟁

하는 풍습이 있었다. 어느 반에서는 10첩 반상과 방석을, 어느 반에서는 아이돌 생일에 주문한다는 휘황찬란한 케이크를 준비했다. 어느 반에서는 프러포즈하듯 촛불로 길을 만들고는 단체로 노래를 부르고 춤을 추기도 했다.

하나네 반 아이들은 아무것도 하지 않았다. 하나는 아침 조회를 한 후 시끌벅적한 노랫소리와 폭죽 소리가 가득한 복도를 쓸쓸히 걸었다. 학급 아이들은 하나를 슬쩍 밀치며 매점으로 줄줄이 뛰어갔다.

"우리가 최선을 다하지 못했어."

미희와 연림이 소매로 눈가를 훔쳤다.

하나는 지하에서 두 사람에게 종종 어려움을 토로했다. 그럴 때마다 하나보다 나이가 두 배나 많던 그들은 말했다.

계약기간 끝날 때까지만 꾹 참으라고.

세상을 살다 보면 언제 어디서 저런 인간들을 다시 만나게 될지 모른다고 생각하고, 항상 상냥하게 웃으면서 상처받지 않은 것처럼 일해야 한다고. 그 인내가 당신의 미래를 이끌 것이라고. 먼 훗날 당신을 도울 것이라고. '그 젊은 선생이 참, 심란하고 어려운데도 밝고 명랑하고 야무졌지' 따위의 말로 칭찬을 얻고 그게 또 다른 기회로 이어질 거라고 말이다.

"우리가 몰랐던 건 '먼 훗날'이란 말이 오늘 하루의 모멸감을 이길 수 없다는 점이었어."

하나는 계약기간을 다 채우지 못하고 세상을 떠났다. 연림은 눈에 띄지 않는 곳에서 걸레로 창틀을 훔치면서, 이사장이 교장을 앞에 세우고 고래고래 소리를 지르는 걸 들었다. 소리는 띄엄띄엄 들렸다. 쪽팔려서…… 기사 한 줄이라도 나기만 해 봐…… 당신 끝장이야. 고개를 숙인 교장은 말했다. 밖으로 새어 나가지 않게 하겠습니다. 믿어 주십시오.

"하나 쌤을 발견한 게 나야."

미희가 말했다.

"여기, 자는 사람처럼 누워 있었어."

교무수첩은 연림이 가져와 보관한 것이었다. 하나의 유족은 결혼한 오빠뿐이라고 했다. 그러나 오빠라는 사람은 교무실에 걸음조차 하지 않았다. 알아서 하십쇼. 그 한마디뿐이었다. 하나의 자리는 며칠 동안이나 그대로 있었다. 그러다가 청소하러 가던 연림에게 교무부장은 턱끝으로 하나의 자리를 가리키며 좀 치워 달라고 말했다. "유족들이 유품을 가지러 오지 않을까요?" 연림의 물음에 교무부장은 고개를 저을 뿐이었다. '통지'한 기한이 지나도 한참 지났다면서.

연림은 하나의 유품들을 지하 방으로 가져왔다. 그리고 그 방을 유품으로 정성스레 꾸미고, 미희와 함께 교무수첩을 읽고 또 읽었다. 눈물을 흘리면서. 아무도 기억하지 않는 이를 추모하는 두 어른이 함께.

두 어른은 이미 진솔의 이야기를 들은 후였다. 진솔은 자신이 그리워하는 친구가 있고, 그 이름이 해수라고만 말했다고 했다. 해수의 사정은 오로지 해수의 것이니까. 해수가 드러내고 싶어 하지 않을 수 있으니까.

해수는 4B 연필로 스케치북에 밑그림을 그리듯 천천히 자신의 이야기를 구체화하기 시작했다. 두 어른은 아무런 대꾸도 없이 들었다.

이야기가 끝났을 때는 진솔이 교실로 올라가야 할 시간 즈음이었다. 두 어른은 말했다. 속상해서 어쩌나, 예쁨만 받고 좋은 것만 봐야 할 애기들이 이렇게 힘들어서야, 하고 입을 모았다.

그런 말을 들은 적이 언제였던가. 해수와 진솔은 속으로 헤아려 보았다. 해수는 어느새부턴가 엄마 아빠의 도구가 된 것처럼 느껴졌다. 얼른 커서 투자금을 더 벌어 와야만 하는 도구. 집에 목돈 가져다줄 도구. 진솔은 엄마 아빠의 가방으로 사는 것 같았다. 엄마 아빠는 명품 가방을 들고 싶은데 진솔 자신은 장바구니에 불과하고. 그래서 엄마 아빠는 그 장바구니에 명품 라벨을 붙이기 위해 어떻게든 발버둥 친 것이다.

20

그날부터 해수는 저녁 식사 때뿐 아니라 쉬는 시간에도 종종 지하 통로에 내려가 진솔을 만났다. 그리고 진솔은 다시 해수의 방으로 돌아와 잠을 잤다. 해수와 떨어져 원래 집에서 지냈을 때는 매일 유령 때문에 뜬눈으로 밤을 지새웠다고 했다.

지긋지긋한 유령들.

"이 방이랑 지하 통로에서는 유령이 보이지 않잖아. 이유가 뭘까."

진솔과 해수는 각각 다른 의견을 내놓았다. 해수는 이곳의 존재를 부모가 모르기 때문이라고 생각했다. 존재를 모르니까 당연히 나타날 수 없다고. 진솔은 조금 다르게 생각했다. 우리 엄마 아빠는, 세상에 번듯하게 존재하는 지하 공간 같은 건 고려하지도 않는 사람이라서, 아마도 그래서. 언제나 고개 쳐들고 위만 보고 위만 좇는 사람들이었기 때문에. 해수는 진솔의 말이 일리가 있다고 생각했다. 자기 시야보다 아래에 있는 자식들이 어떤 얼굴을 하고 있는지 살피지도 않은 채 그저 저 사다리의 위만, 꼭대기만 보고 달려온 네 사람. 그러다 보니 발밑에 있는 덫에 걸릴 거라고는 상상도 하지 못했을 것이었다.

연림과 미희는 신고해야 한다느니, 실종된 부모를 걱정하지도 않다니 자식으로서의 도리가 아니라느니, 같은 말은 하지 않았다. 대신 이렇게 물었다. 혹시 우리가 도울 수 있지 않을까?

"겉모습만 봐서는 우리가 부모님 같지는 않을 거니까, 큰고모나 좀 젊은 할머니라고 한 다음에 미안하다 사과하고 돌아오면 너희도 일단은 편해질 거 아니니. 그럼 맨날 교무실에 불려 가지 않아도 되고."

*

그 어떤 교사와 학생보다 더 많이, 학교의 구석구석을 수천, 수만 번 오갔지만 연림과 미희를 아무도 알아보지 못했다.

죄송합니다, 애들 부모가 일 때문에 바빠서 제가 대신 왔어요. 연림은 진솔의 담임 앞에서, 미희는 해수의 담임 앞에서 각각 고개를 숙였다. 나이도 경력도 다른 두 담임이지만 판에 박은 듯 똑같이 반응했다. 어이없다는 듯한 표정과 날 선 목소리. "부모님이 그렇게나 바쁘시니 애 컨트롤이 되겠어요?"라는 물음까지 모조리 다.

그만해도 돼요, 이렇게까지 하지 않아도 돼요. 되레 미안해진 진솔의 말에, 연림은 우스워서 하는 일이라고 대답했다. 나를 알아보지 못하는 게 너무나 우스워 죽겠단다. 얘야.

저 때문에 해코지라도 당하시면 어떡해요. 학부모와 학생까지 모두 소환될 공개 사과일을 하루 앞두고 해수가 울상을 짓자 미희는 말했다. 얘, 나는 나이를 먹으니 하루하루가 무료해서 이런 사건이라도 억지로 만들고 싶단다.

말도 안 되는 대답들이었지만 진솔도, 해수도 그저 어른들을 믿는 수밖에 없었다. 믿을 만한 어른이라면 둘은 따를 준비가 되어 있었다. 지금껏 다른 어른들은 몰랐던 사실이겠지만.

조금 진지해질 때면 두 어른은 아이들에게 말했다.

너희가 꼭 알아줬으면 좋겠다. 우리는 너희가 불쌍해서 이러는 것도 아니고 적선하는 것도 아니야. 우리는 마음의 짐을 덜기 위해 이러는 거야. 그러니까 순전히 이기적으로 굴고 있다는 뜻이란다. 혹시 싫으면 언제든지 이야기하렴.

하나 때문이었다. 하나를 살릴 수도 있었을 텐데. 저 사람들이 진짜 나쁜 사람들이라고 조금 더 적극적으로 같이 화를 내 주었다면, 세상에는 일할 곳이 많으니 일단 당신 자신을 먼저 챙기라고 조언해 주었다면, 그랬다면 하나는 지금 다른 곳에서 좋은 선생님이 되어 있을지도 모를 일이었다.

몸 하나 쉴 곳 없는 열악한 환경에서 몇 년을 묵묵히 일한 두 사람은 하나도 그렇게 버틸 수 있을 줄 알았다. 오판이었다.

연림과 미희가 하나를 마지막으로 본 그날, 하나는 말했다. 저는 힘든 아이들을 돕고 싶어서 선생님이 되기로 했어요. 제가 학교 다닐 때 정말 가끔이지만 좋은 선생님이 계셨거든요. 엄청 많이 도움을 받았어요. 그 선생님들 아니었음 저는 정말……. 그런 좋은 선생님이 너무 적어서 저라도 그런 교사가 되겠다고 다짐했어요. 근데 지금은 제 자신이 너무 혐오스러워요. 남을 돕기는커녕 제 마음 하나 추스르지 못하고 휘청거리는 거요. 제가 뭘 잘못한 걸까요? 잘못이 있으니까 이런 상황이 일어난 게 아닐까요? 그렇다면 제가 고쳐야 하는데, 아무리 들여다봐도 뭘 잘못했는지 찾을 수가 없어요. 저는 어떻게 살아야 하나요?

조금만 참으면 나아진다고, 두 사람은 또 말했다.

시계를 돌릴 수만 있다면 그러지 않을 것이었다.

그러나 시계는 돌릴 수 없기에 연림과 미희는 도움을 주기로 했다. 하나가 살아 있었다면, 아직 선생으로 남아 있었다면 보살피려고 애썼을 두 아이에게. 두 어른은 하나로부터 배웠다. 말랑말랑하고 약한 마음을 가진 사람은 절대 참아서는 안 된다는 것을. 그래서 다시는 실수하고 싶지 않았다.

공개 사과를 하기로 한 당일, 미희와 연림은 각각 동료들에게 대타를 부탁했다. 세상에, 어쩐 일이야? 한 번도 쉬지 않던 일벌레들이. 동료들이 눈을 둥그렇게 뜨고 놀라워했다.

둘은 가장 좋은 옷을 꺼내 입었다. 미희는 누군가의 결혼식에 갈 때마다 입는 옷을, 연림은 누군가의 장례식에 갈 때 입는 옷을. 연림은 외고의 정문으로 들어가 1학년 교무실을 찾았다. 미희는 자신이 어제까지 쓸고 닦은 정보고 복도를 걸었다. 다소곳이 손을 모으고 해수의 담임 앞에서 머리를 숙였다. 그러고는 그를 따라 외고 교문을 통과했다. 교문 역시 자신이 어제도 먼지를 털고 윤나게 닦았던 곳이었다.

교장실 옆 대회의실에 들어가자 빼곡한 정수리들이 일제히 문을 향해 방향을 돌렸다. 작은 학생들의 정수리와 커다란 부모들의 정수리. 무거운 정적이 텁텁한 수증기처럼 그 안을 메우고 있었다. 연림과 진솔이 아주 천천히 그 안으로 들어갔고, 미희와 해수가 뒤를 따랐다.

"부모 낯짝 한 번 보기 힘드네."

누군가 말하자 외고 교장이 손을 내저었다. 비굴한 웃음과 함께 그래도 어르신들이신데 말씀을 좀 부드럽게 해 주시면,

이라고 말하면서.

"저는 여기, 외고 다니는 진솔이 이모입니다. 진솔이 엄마는 제 막둥이 동생인데, 많이 아파서 제가 대신 왔습니다."

연림이 먼저 말했다. 누군가는 기가 찬다는 듯 소리쳤다. 아니, 고모도 아니고, 이모라고요?

"저는 해수 외할머니입니다. 부모가 바빠 제가 맡아 키웠습니다."

미희가 말했다. 마치 연습이라도 한 듯 자연스럽게 행동하는 연림과 미희의 모습에 진솔은 매우 놀라웠다. 그 순간 해수는 혹시나 잊어버릴까 봐 외할머니, 외할머니, 하고 속으로 중얼거렸다.

교실 뒤쪽에서 쯧쯧, 하는 소리가 들렸다. 오른쪽 앞쪽에 앉은 남자가 핸드폰을 들어 피해자 단톡방에 메시지를 남겼다.

- 두 집 다 가족 상태가 엉망이네요. 그럴 줄 알았지만 놀랍네요.

그 뒤로 우다다다, 메시지가 주렁주렁 계속 달렸다. 회의실에 있는 사람들이 핸드폰을 쥐고 연신 엄지를 움직였다. 누군가는 대놓고 핸드폰을 들이밀면서 녹음을 했다. 남자는 메시지를 하나 더 올렸다.

- 무슨 마음 약한 소립니까. 노인네들이 더 지독합니다. 일부러 저러는 겁니다. 동정심을 사려는 거죠. 저런 수작은 지긋지긋합니다.

누군가 손을 번쩍 들어 올렸다. 공들여 꾸민 손톱이 모두의 눈에 들어왔다. 그 손의 주인인 여자는 벌떡 일어나 팔짱을 끼더니 말하기 시작했다. 자신이 강조하고 싶은 부분마다 두 팔을 크게 들어 올렸다가 내리기를 반복하면서.

"서원외고에 진학했다는 사실이 얼마나 큰 기쁨이고 성취인지, '사통 학생'이랑 '정보고 학생' 그리고 '보호자분들'께서는 잘 모르시겠지요. 우리 아이들, '내 아이'의 꿈이 얼마나 크게 짓밟혔는지 '사통 보호자'께서는 상상하지도 못하실 거예요. 이렇게 대단한 학교라고는 생각 안 하셨을 테니까. 쉽게 들어왔으니까. 우리 애는요, 지금 수면제 없이 잠을 못 자요. 알아요? 어? 당신들이 아냐고, 저 애들이 이 학교를 얼마나 망가뜨렸는지!"

그러더니 여자는 갑자기 엉엉 울기 시작했다. 여자고 남자고 할 것 없이 모두 그 여자에게 달려들어 위로했다. 혜정이 엄마, 그만 울어요. 뚝 그쳐요. 자기가 벌써 무너지면 어떻게 해. 애들을 위해서라도 정신 차려. 어떻게든 만회해야지. 손해 보지 말아야지.

그 와중에 대표로 참석한 몇몇 외고 아이들은, 놀랍게도 웃음을 참는 것처럼 보였다.

그 모습을 가만히 바라보며 연림과 미희는 생각했다.

당신들보다 우리가 이 공간에 대해 훨씬 잘 알아요, 라고 말하는 학부모 당신. 당신이 뭘 알아? 매일 쌓이는 먼지의 높이와 두께, 대리석 계단의 자잘한 무늬, 아이들이 뱉는 침의 모양을 알아? 우리는 화장실의 낙서를 보며 아이들의 욕망을, 교실의 쓰레기를 보며 모두의 일상을, 한 장짜리 이면지에 인쇄된 계약서를 보며 허상을 알게 되는데, 당신은 오로지 매끈한 것만 찾아다니잖아. 울퉁불퉁하고 냄새 지독한 것은 모르는 척하잖아. 당신이 안다고 생각하는 것은 그저 당신 자식의 꽁무니에 주렁주렁 달린 숫자일 뿐이야.

그러나 말은 할 수 없었다. 두 사람은, 오로지 두 아이를 위해 여기에 온 것이었으니까.

*

시간이 한참 지났을 즈음, 회의 테이블에 앉은 유령들이 진솔과 해수의 눈에 들어왔다. 유령들은 익숙한 얼굴을 일그러뜨린 채 웃는 건지 우는 건지 모를 표정을 하고, 시뻘게진 눈으로 둘을 쏘아보고, 시끄럽게 소리치고, 두 팔과 다리를 휘저었다. 진솔은 속으로 외쳤다. 당신들 대신 다른 어른을 데려왔어요. 어때? 여기에 당신들이 있었다면 얼마나 나를 미워했을까. 얼마나 나를 괴롭혔을까. 얼마나 부끄러워했을까. 그러니 차라리 고맙지 않나? 그렇지 않나요? 나 같은 것의 부모 노릇을 안 해도 되니까. 딱히 부모 노릇을 잘한 적도 없긴 하지만.

21

 학부모회에서 '일을 크게 만들지 않을' 대가로 요구한 것은 해수와 진솔의 징계였다. 그러나 징계의 정도는 달랐다. 해수에게는 아무래도 괘씸죄가 추가된 모양이었다. 감히 외고생의 성적을 건드린 정보고 학생이라는 죄가. 해수는 일주일 정학, 진솔은 교내 봉사 처분을 받았다. 대학에 갈 때까지 생기부에서 사라지지 않을 한 줄이었다. 그 한 줄로 부모들은 행여나 자신의 아이를 위협할 수도 있는 경쟁자를 제거함과 동시에, '헛된 짓'을 저지르면 어떻게 되는지 본보기를 확실하게 보여 준 것이나 다름없었다.

 다만 그들이 몰랐던 것은 서원정보고 출신 학생들의 존재였다. 해수가 정학 처분을 받자 분노는 활활 타올랐다.

  - 우리가 아무 말도 못 하면 정말 그들이 바라는 대로 노예가 되는 거야.

  누군가는 단톡방에 이런 글을 남겼다. 좀 더 직설적으로 말하는 선배도 있었다.

  - 인력팔이 한번 못 해 봐야 재단도 정신을 차리겠지.

  누군가 일이 커질 우려를 표했으나 졸업생들은 모두 알고 있었다. 윗사람들이 하는 말은 그 어느 것도 믿을 수 없다는 사실을.

  습격의 일시가 정해졌다. 그리고 곧 날이 더워지더니, 기말고사를 준비할 시기가 다가왔다.

*

  학부모회에서 사과한 후 연림과 미희는 해수의 방까지 자주 드나들었다. 특히 해수가 정학 처분을 받았던 일주일 동안은 더더욱. 방을 함께 정리하고, 부엌 없이 전자레인지만 덜렁 있는 방에 부지런히 반찬을 날랐다. 저 불쌍해서 그러는 거면 안 오셔도 돼요. 해수가 말하자 연림과 미희는 동시에 대답했다. 집 가면 남편 놈 꼴 보기 싫어. 그래서 해수는 웃고 말았다.

  새벽에 출근해 저녁 식사 시간이 지나 퇴근한 연림과 미희는 몇 시간 동안 속삭이면서 해수를 돌보다 진솔이 올 때쯤 각자의 집으로 돌아갔다. 그리고 혼자만 있는 그 짧은 시간에 해수는 빗을 갈았다. 빗을 갈지 않으면 위가 콕콕 쑤시고 쓰려서 견딜 수가 없었다.

긴 하루를 보내는 동안 번번이 잠이 쏟아져도 꾹 참았다. 회의실에서 봤던 유령들이 지하 방에는 오지 못해도 꿈에는 잘 나타났기 때문이다. 꿈에서 들은 지옥 같은 말들은 깨고 나서도 여전히 귓가를 맴돌았다. 병원에 가 봐야 할까, 생각했으나 유령이 활보하는 바깥으로 나가고 싶지 않았다.

정학 처분을 받은 뒤로 해수는 정보고 단톡방을 나가려고 여러 번 시도했다. 자신 때문에 모두가 상처받고 있다는 자책이 들었으니까. 선배들은 바깥세상이 험악하고 암울하다고 했다. 그렇다면 학교 다닐 때만큼이라도 밝고 즐거운 세상을 누리는 게 좋지 않을까 싶었는데, 학교를 재미있게 다니던 아이들조차 이제는 죄다 화를 내고 있었다. 자신 때문에. 그 아이들의 하루하루를 자신이 망친 것 같아 해수는 괴로웠다. 그러나 단톡방을 나가려고 마음먹을 때마다 아이들은 해수에게 다정한 말을 해 주었다.

해수가 다시 등교하자, 쉬는 시간마다 수십 명의 아이들이 찾아와 응원을 해 주었다. 누군가에게는 하찮아 보일 빵이나 사탕 같은 선물들이 책상에 쌓였다.

비록 시험 기간이지만 습격 전 마지막 주말은 꼭 같이 보내자고, 해수가 먼저 진솔에게 데이트를 신청했다. 데이트? 진솔이 장난스레 웃으며 되물었으나 해수는 웃지 않았다. 대신 고개를 위아래로 끄덕이며 확언했다. 응, 데이트.

어쩌면 습격으로 정말 큰일이 날 수도 있다고 해수는 생각했다. 졸업한 지 10년이 지난 선배들까지 가담했다. 이번 기회에 서원정보고 출신 졸업생들의 보호를 위한 단체를 만들자는 이야기도 오갔다. 재단은 여론에 민감하기 때문에 분명히 자신들을 어르고 달래려고 할 테고, 따라서 그 수작에 넘어가지 않기 위해서라도 지속적인 집단행동을 할 수 있는 공동체가 필요하다는 논지였다. 확실히, 사회생활을 해 본 선배들은 달랐다. 비관적이었으나, 그래서 단호하게 행동했다.

- 학교 이름을 간판으로 여기는 애들은 이런 문제 제기를 전혀 못 한다고.

졸업한 지 오래된 선배들이 그렇게 말했다.

- 왜냐? 학교 이름값이 곧 자기 존재의 가치거든. 학교가 고발당해서 명예가 떨어지면 본인 자존심에 스크래치 나거든. 그러니까 그쪽 출신들은 무조건 은폐하려 들 거야. 하지만 우리는? 우린 무서울 게 없지. 우리를 홀대했던 벌을 받는 거야, 학교는.

누군가 묻기도 했다.

- 아무 잘못이 없는 외고 학생들도 있을 텐데, 그러면 어쩌죠?

그러자 어떤 선배가 대답했다.

- 자기 시험 한 번 망친다는 이유로 우릴 비난할 성정이라면 애당초 좋은 인간이 아니야. 그런 애라면 나중에 자기 출근길이 늦어진다는 이유만으로 휠체어를 탄 이를 비난하겠지.

*

해수는 진솔과 롯데월드에 갔다. 둘 다 놀이공원은 처음이었다.

진솔은 열 살 때 한 번 부모님에게 조른 적이 있었다. 놀이공원에 가고 싶어, 하고. 그때 엄마는 귀찮다는 표정으로 대답했다. 사람 득시글한 곳에 가서 온종일 줄을 서고도 고작 서너 개밖에 못 탈 것이며, 그것마저도 타고 나서 재미있어 하기는 커녕 멀미에 토하느라 바쁠 것이며, 음식은 비싸고 맛대가리 없을 것이며, 급기야는 가족 모두가 불만족하고 불행할 것이라고.

해수는 한 번도 놀이공원에 가자고 조르지 않았다. 어렸을 적, 고모가 데려가 주겠다고 약속한 적은 있었다. 비록 일이 너무 바빠 끝까지 지켜지지 않은 약속이었지만 말이다.

줄을 서는 것마저도 재미있었다. 할 말도 많고 구경거리도 넘치고, 그곳에 온 사람들도 신기했다. 키 작은 아기들은 귀여웠고, 아이의 성화를 감당하느라 땀을 뻘뻘 흘리는 어른들은 우스웠다. 애정행각을 벌이는 커플 앞에선 부끄러워 눈을 감았고, 남들이 보든 말든 팔짱을 낀 채 살벌하게 싸우는 연인을 맞닥뜨리면 힐끗힐끗 구경했다. 음식값은 학교 앞 분식집보다 훨씬 더 비쌌지만, 엄마 아빠가 매일 시키던 배달 음식이나 진솔 부모님이 운영하던 고깃집의 1인분 가격에 비하면 우스운 수준이었다.

"저기 어떻게 올라갔을까."

롤러코스터의 안전바를 단단히 쥔 해수가 레일의 꼭대기를 올려다보며 중얼댔다. 그 말을 들은 진솔도 레일 꼭대기를 쳐다보았다.

"그러게. 정말 지극정성이다."

레일 위에서 진솔의 부모님이 큰 소리로 외치고 있었다. 평소와 다르게 이번에는 온전한 문장들이었다. 네가 지금 이럴 때니? 다른 애들은 다 시험공부하고 있을 텐데! 너 제정신이니? 인생 망치려고 작정했니? 우리가 언제 시험 잘 보라고 했니? 훌륭한 친구들 본받고 친해져서 그 애들처럼 살라고 한 거, 그뿐이잖아? 쟨 뭐니? 널 시궁창으로 끌어들이는 애를 왜 따라다니니? 너희 학교 애들이 널 어떻게 생각할까? 너를 자기 인생 망가뜨릴 친구라고 생각해서 상종도 하지 않을 거야!
그런 걸 원하니? 그렇게 멸시받길 원해?

"우리 엄마 아빠는 엄청 시끄러워."

출발하는 롤러코스터 엔진 소리를 들으며 진솔이 말했다.

"너희 엄마 아빠는?"

해수가 대답했다.

"고모처럼, 죽여 버리겠대."

곧 롤러코스터의 바퀴가 유령들을 짓밟고 지나갔다. 둘은
고래고래 큰 소리로 웃으며 비명을 질렀다.

대관람차를 탈지, 유령의 집에 들어갈지 한참 고민하다가
전자를 택했다. 유령의 집에 출몰하는 유령들은 모두 가짜일
테니까. 진짜 유령을 매일 보는 둘에게 가짜 유령은 우습기만
할 뿐이었다.

"진짜 지겹다. 왜 여기까지 따라오는 거냐고, 대체 왜."

맞은편에 앉은 진솔의 한탄에 해수는 안도했다. 자기 옆에
만 불청객이 웅크리고 있는 건 아니라는 게 분명했기 때문이
다. 신경 쓰지 말자. 어차피 더는 때리지도 못하는걸, 뭐. 해수
가 진솔의 어깨를 안고 토닥였다.

대관람차는 천천히 움직였다. 노을이 내려가고 있었다. 진
솔과 해수는 아래를 내려다보았다. 커다란 호수가 보였다.

"원래 이런 대관람차는 애인이랑 와야 하는 건데."

진솔이 말했다. 드라마에 나오는 등장인물처럼 조금은 부자연스럽게 피식 웃었다. 일부러.

"그러면 나는 아마 평생 못 탈 것 같아서."

해수가 대답했다.

"왜? 연애 안 할 거야?"

"별로."

"왜?"

쿵, 하는 소리가 났다. 진솔은 심장이 떨어졌나 싶었는데, 꼭대기에 다다른 관람차가 움직이며 나는 소음이었다.

"살면서 본 커플이 엄마 아빠밖에 없었으니까 그렇지 뭐. 엄마 아빠는 연애를 했을까? 그랬다면 그때 서로 손 잡고 무슨 얘길 했을까? 아무리 상상해도 떠오르는 게 없어. 그때부터 돈 불리는 이야기만 했을까? 그때도 그렇게 서로 죽일 듯 싸웠을까?"

해수가 벌떡 일어나 창문에 코를 붙이더니 아래를 내려다보았다. 고소공포증이 있는 진솔이 해수 대신 눈을 질끈 감았다. 그러다 해수를 계속 보고 싶은 나머지 눈을 반쯤 뜨고 우두커니 서 있는 그 옆모습을 응시했다. 형체가 흐릿했다.

"사랑한다는 말을 서로에게 어떻게 했을까. 아무리 생각해도 전혀 모르겠어. 그래서 나는 엄두를 못 낼 것 같아. 만약 그런 감정을 느낄 수 있었다면, 말하는 법을 알았다면 나도 다르게 대할 수 있었을 텐데. 그런데 그러지 않았으니까. 어쩌면 둘은 서로를 도구로 생각했는지도 몰라. 나는 딸려 온 덤인 거지.”

해수는 방금까지 자신이 앉아 있던 빈자리를 향해 외쳤다.

“내 말이 틀려요? 틀리냐고!”

진솔도 일어났다. 그러곤 팔을 들어 자신보다 조금 더 높이 있는 해수의 뒤통수를 쓰다듬었다.

“그러니까, 나는 더 열심히 할 건데.”

해수가 돌아보았다.

“두 사람처럼 안 살기 위해서 일부러 더 열심히.”

그리고 웃었다.

“이런 말 하면 싸가지 없다고, 키워 준 은혜도 모른다고 사람들이 욕하려나. 하나도 안 무서우니까 맘대로 하라지 뭐. 이미 백팔 배 할 때부터 그런 건 신경도 쓰지 않았어.”

바람이 세게 불어와 대관람차가 덜컹, 흔들렸다. 두 사람은 서로의 팔을 붙잡았다. 유령들은 자리에서 굴러떨어졌다. 그리고 곧이어 욕설을 퍼부었다. 해수는 빗을 떠올렸다. 그 믿음직한 날카로움. 얼른 집에 가서 예리한 감촉을 느끼고 싶었다. 사람도 아닌 허깨비들이 한 말들도 가슴을 할퀼 수가 있구나. 해수는 유령들이 한 말을 진솔에게 온전히 전할 수가 없었다. 그렇게 더러운 말들을 입에 올릴 수가 없었다. 혹시 유령이 진짜가 아니라면, 그저 내 환상일 뿐이라면 저 끔찍한 언어는 내 안에서 나온 것일까. 해수는 스스로에게 묻다가 눈물을 흘렸다. 그리고 진솔에게 들킬까 봐 얼른 소매로 닦았다.

22

"있잖아요, 이모, 할머니."

"응?"

연림과 미희는 급히 만들어 낸 호칭이 마음에 들었는지 아이들에게 자꾸 '연림 이모, 미희 할머니'라 부르게 했다. 이모야 그렇다 치고 할머니라 부르기엔 너무 젊지 않나. 그런 생각이 들었지만 미희는 막무가내였다. 할머니라고 부르지 않으면 대답도 하지 않았다. 결국 아이들이 항복하는 수밖에 없었다.

"이모랑 할머니도 자식이 있죠?"

"있지."

"그럼."

"사이좋죠?"

"글쎄."

"아니."

"정말요?"

"내가 잘못을 아주 많이 했지."

"나도."

"집에도 잘 안 와."

말도 안 돼. 우리에겐 이렇게 잘해 주면서? 해수는 연림의 말에 입을 떡 벌리며 미희에게로 고개를 돌렸다. 할머니도요?

"나는 아예, 평생 얼굴도 볼 수 없게 됐어."

"안 믿겨요. 이모랑 할머니처럼 좋은 어른이 어디 있다고."

그러자 연림은 작게 흐흐, 하고 소리를 냈다.

"그 좋은 것이 다 후회로부터 나온 것일 수도 있지. 우리 애한테도 이렇게 해야 했는데. 그게 한이 맺혀서 너희한테 잘해 주며 억지로 참회하는 걸 수도 있다고. 정작 우리 애들한텐 미안하다는 얘기 한 번 못 했으면서."

미희가 눈을 꾹 감고는 고개를 끄덕이며 중얼거렸다. 좋은 어른이 아니지, 아니야.

"엄마 아빠는, 아직 연락 없지? 경찰에서도?"

네. 해수가 대답했다. 유령만 보이고요.

"후회하고 있을 거다."

미희가 말했다.

"항상 모든 게 어그러지고 나서야 뒤늦게 후회가 찾아오지. 그게 문제야. 근데 그게 또 괴로워서 더 괴롭히고는 했어."

어이쿠, 하는 소리를 내며 연림이 방바닥을 딛고 일어서더니 화장실에 들어가 물을 틀어놓고는 한참을 나오지 않았다. 미희는 연림의 울음소리를 묻기 위해 아무 말이나 하다가, 그래, 습격인가 뭔가, 그 계획은 잘되니? 라고 물었다.

"거의 다 되었는데 하나가 문제래요. 외고 부지로 진입하는 방법."

"교문에는 관리소가 있어서 바로 막힐 테니까, 그렇지?"

"네. 외고는 부지가 워낙 넓어서, 그 부지 밖에서 고래고래 소리쳐 봤자 별로 들리지도 않을 거고……."

알지, 알지. 미희가 고개를 끄덕였다. 두 학교의 내부는 쌍둥이처럼 비슷하게 생겼지만 밖은 완전히 달랐다. 모래 먼지 풀풀 날리는 작은 운동장 하나 덜렁 있는 정보고와 달리, 외고엔 우레탄 트랙이 깔려 있었고, 언덕과 미니 폭포까지 갖춘 정원에 더하여 너른 등나무 벤치와 온실이 있었다. 다들 공부만 하느라 늘 텅 비어 있는 곳들이었다. 주로 학교 홍보 사진을 찍을 때만 잠시 와글와글해지는 곳. 그럼에도 불구하고 연림이 매일 아픈 허리를 두드리며 관리해야 하는 곳.

"대신 정보고에 대해서는 빠삭하잖니? 개구멍이 어디 있는지도 잘 알고. 담도 잘 넘고."

"뭐…… 그렇죠."

"그러면 지하로 건너가면 되지. 다들 지하 통로 존재는 알고 있잖아. 그런데 왜?"

해수가 미희를 빤히 쳐다보았다. 화장실 물소리가 더는 들리지 않았지만, 미희는 알아채지 못했다.

"……다들 그곳을 정말로 무서워하는 것 같아요."

"왜? 한두 명도 아니고, 사람 수가 많으면 귀신 나온단 소문 하나쯤은 무시할 수도 있을 텐데."

"귀신이 무서운 게 아녜요."

하나가 왜 죽었는지 알게 됐을 때, 해수가 단톡방에 그 이야기를 올린 적이 있었다. '재수 없게 학교에서 자살한' 교사 이미지를 벗겨 주고 싶었기 때문이다. 하나의 이야기를 다들 괴담처럼 여기며 몸서리치거나 낄낄거리는 것도 싫었다.

졸업해서 직장에 다니는 선배들은, 해수가 예상한 것 이상으로 그 이야기에 감정을 이입했다.

"다들 지금 직장에서 너무 힘드니까, 자기 얘기 같나 봐요. 지하로 들어가자는 의견은 그전부터 있었는데, 제가 하나 쌤일 이야기하고 나서 오히려 사라졌어요."

때마침 연림이 손을 문지르며 화장실에서 나왔다. 해수는 계속 말을 이었다.

"거길 지나가면…… 자기도 그렇게 될 것 같대요. 지금도 가뜩이나 괴롭힘당하고, 부당한 대우를 받고, 고졸 따위가, 뭐 그런 식으로 무시나 당하고 있는데…… 그래서 간신히 버티고 있는데, 거길 지나가면 우르르 무너져 버릴 것 같대요. 하나 쌤처럼 될 것 같대요. 하나 쌤이 같이 저승 가자고 저주를 걸 것 같대요."

고졸이란 이유로 부당한 일들을 겪다가 대학 입시를 준비하기 시작한 선배들이 하나의 사연에 가장 낙담했다. 그들이 볼 때 하나는 자신들이 이루고 싶은 것을 모두 해낸, 제법 성공한 대선배였다. 그랬는데도 정작 맞닥뜨리는 세상은 그대로인가 보구나. 선배들은 욕을 했다. 그 욕이 슬프게 느껴졌다. 아주 많이.

그때 연림이 해수의 목을 감싸 쥐었다. 으악 차거! 해수가 파드득 날갯짓을 했다.

"그 쌤 그런 사람 아니야. 너도 알잖니."

연림의 눈두덩이가 벌게졌다. 그러나 해수와 미희는 일부러 모르는 척했다.

"도와주면 도와줬지."

"그런데 거기를 다 공개하고 나면, 이모랑 할머니는 어디서 쉬어요…… 학교에 휴게실도 없잖아요."

연림은 대답했다.

"거기가 얼마나 넓은데. 사람이 많이 다니면 조명도 새로 달고 죽은 공간이 사는 거지. 안 쓸쓸하고 재밌겠지. 좋겠지."

미희가 말을 이었다.

"그래, 학교가 누구 건데. 학생들이 있어야 공간이 살지. 학생 못 오는 데가 있으면 그게 더 웃기고 어처구니없는 일이야."

"미안하면 나중에 다른 데서 얘기나 한번 해 줘. 청소 노동자 휴게실 하나 없는 나쁜 학교라고. 한 문장만 해 주면 이모는 만족."

"할머니도."

연림과 미희의 시선이 일제히 시계로 향했다. 곧 바위처럼 단단하고 무거운 졸음과 날이 갈수록 자욱해지는 모멸감에 지칠 대로 지쳤을 진솔이 학교에서 돌아올 시간이었다.

그리고 진솔의 생일도 거의 끝나 가고 있었다.

사실 진솔은 한 번도 자신의 생일이 언제인지 이야기하거나 티를 내지 않았다. 생일 공개 설정을 안 해 놨는지 카톡에 뜬 적이 단 한 번도 없었다. 해수가 진솔의 생년월일을 알게 된 것은 부모님의 실종 신고 때였다. 경찰이 주민번호를 물었기 때문이다. 진솔은 해수보다 딱 한 계절 빠르게 태어났다. 아마도 한 계절 더 외로웠을 것이다. 한 계절 더 마음 줄 사람을 기다렸을 것이다.

저 진솔이 마중 나갈게요. 10분 있다가 준비해 주세요. 해수가 말하며 슬리퍼를 끌고 나갔다. 탁, 하고 현관문이 닫혔다.

연림이 미희를 돌아봤다. 미희는 이미 연림을 가만히 응시하고 있었다. 언제부터였을까.

"우리, 굉장히 귀찮아진 상황인 거 맞지."

한참 손가락만 꼬물거리던 연림이 먼저 물었다. 미희가 웃었다.

"일부러 그런 거면서, 괜히 후회하는 척은."

"맞아."

미희와 연림은 서로 처음 만났을 때를 생각했다. 청소업체에서 고용한 사람들은 일단 다 같이 업체에 모여 승합차를 타고 학교로 이동했다. 연림은 미희와 달리 청소 일이 처음이었다. 일을 시작한 지 사흘째 되던 날, 연림은 출근길에 지독한 현기증을 느끼며 식은땀을 흘렸다. 어머, 체했나 봐. 아니면 어디 아픈가? 모두 한마디씩 하고는 바쁘게 하차했고, 운전사는 삐딱하게 연림을 쳐다보더니 일을 못 할 것 같으면 그냥 돌아가라고 말했다.

그때 누군가 연림의 목 언저리와 손을 주물렀다. 처음 보는 사람이었다. 내가 혈 자리를 잘 아니까 조금만 참아요. 그 사람은 뜨거운 손을 계속해서 움직이며 말했다. 그가 미희였다. 연림은 모르는 이의 손이 몸 여기저기를 주무르는 것이 부

끄러워 전전긍긍했는데, 미희는 별 상관도 안 하고 센 악력을
아낌없이 썼다. 그러고는 연림에게 핸드폰을 내밀더니 번호를
찍어 달라고 했다. 그날 밤, 연림은 새벽까지 미희의 카카오톡
프로필에 있는 67개의 사진을 닳도록 보았다. 그래도 질리지
않았다.

　저 애들도 비슷할 것이다. 용암이 끓듯 여기저기서 뜨거운
감정이 터져 나올 것이다. 무섭고 두려울 것이다. 사람들은 저
애들처럼 감정의 주위를 피할 것이다. 그러나 시간이 많이 흐
르면 결국엔 또 어떠한 종류의 땅을 일구어 사람들로 하여금
아름답네, 아름답지, 하는 말을 하게 만들 것이다. 그곳에서 누
군가는 깔깔 웃으며 맨발로 펄쩍펄쩍 뛰고 누군가는 사랑을
고백할 것이며, 어떤 학교의 아이들은 단체로 여행을 와서 서
툴게 차려입은 옷맵시를 자랑하며 사진을 찍을 것이다. 옛 감
정이 폭발해 눈처럼 내리고 쌓여서 끝내는 식고 굳어 버린 잔
해 위에서. 연림과 미희 모두 저 두 아이가 평생 친구가 되리
라고는 기대하지 않았다. 다만 지금의 순간과 순간을 견딜 수
있게, 바닥으로 추락하지 않도록 서로에게 로프가 되어 준다
면 좋을 거라 여겼다. 그 거리감이 바로 오래 살아온 이들의
지혜라고 둘은 생각했다.

　- 거의 다 왔어요.

　해수의 문자를 본 연림이 일어나서 불을 탁, 껐다. 약간의

시간차를 두고 미희가 케이크에 불을 붙였다. 케이크는 연림과 미희가 좋아하는 고구마 맛으로, 해수가 골랐다.

문이 열렸다. 연림과 미희는 벌떡 일어서서 광대가 아플 정도로 방긋 미소를 짓고, 손끝으로 조용하고 아주 빠르게 박수를 쳤다. 둘은 생각했다. 세상에는 땅 아래에 사람들이 있다는 걸 모르고 언제나 위로, 더 위로 올라가려는 사람들만 그득하지. 하지만 너무 높은 곳을 보려고 고개를 젖히다가는 까딱 잘못해 그대로 뒤로 넘어가. 그때 땅 아래 있던 이들이 부드러운 손과 강인한 팔로 붙들어 주지 않으면 크게 다칠 거야. 근데 그들은 그걸 잘 몰라.

위에 별로 좋은 것이 있지도 않은데. 높이라는 건 사실 너무나 상대적인 개념이라서. 공기 없는 척박한 우주 어딘가에서는 우리에게로 닿는 것이 가장 어렵고 또 가장 동경의 대상으로 삼을 만한 일이 아닐까?

그러니 너희가 힘들 땐 아주 빠르게 치던 박수를 생각해.

그 격려가 자신을 지켜주고 있다고 생각해.

오늘 이 촛농의 모양과 케이크의 맛 같은 것을 생각해.

23

전 교직원이 조례를 빼먹고 회의를 하던 시간, 학교에는 선배들이 속속들이 도착했다. 예전에 어느 중학교 교사로 정년 퇴임했다던 학교 보안관이 자초지종을 듣고 도움을 준 덕분이었다. 선배들은 발소리를 죽이고 지하로 내려와서는 말했다.

"맨날 아침에 조회 안 들어오고 회의했잖아. 내가 학교 다닐 때 몇 번 염탐해 봤는데, 회의 내내 애들을 어느 기업에 취직시켜야 재단에 가장 이익일까, 하는 말밖에는 안 들리더라. 악덕 기업인지 아닌지는 중요하지 않았지. 사실 악덕 기업일수록 애들을 많이 데려갔고."

선배가 말을 이었다.

"이 세상 모든 선생이 그런 게 아니라는 사실은 졸업해서야 알았어. 그런데 이제 어떡해, 이미 그 사람들은 내 마음속에선 세상에 존재하지 않는 유니콘이나 진배없는걸."

해수는 유령의 손목에 둥그런 사슬이 수갑처럼 칭칭 감겨 있는 것을 쳐다보았다. 들었어요? 속으로 물었다. 당신들은 내가 악덕 기업에 팔려 가서 몸과 마음이 박박 갈린 후 푼돈을 들고 오기를 바랐나요. 내가 태어났을 때, 당신들은 그저 내가 얼른 커서 투자금을 벌어다 줄 또 하나의 인력이 되기를 간절히 기다렸죠. 이 세상 모든 부모가 그런 게 아니라는 사실을 당신들은 알았어요? 알았어도 자신들이 그 누구보다 더 똑똑하다 여겼겠죠.

틀렸어.

*

"너네, 1학년 1학기 성적으로 지붕이 결정되는 거나 다름없어."

시험 첫날 아침, 진솔의 담임은 사각사각, 웅얼웅얼, 혹은 끙끙 소리를 내며 머리에 하나라도 더 욱여넣기 위해 안간힘을 쓰는 아이들 앞에서 소리쳤다.

"오늘 시험을 조지면 향후 2년간 피똥 싸도 스카이는 절대 못 간다 이거야. 정신 차리자 애들아, 알지? 너희는 뭐다?"

"⋯⋯요."

"뭐?"

"나라의 미래요."

담임이 고개를 끄덕이며 출석부로 교탁을 탁, 내리쳤다. 고개를 푹 숙이고 자기 공부에 열중하던 아이들은 깜짝 놀라 담임을 바라보았다.

"더 크게."

"나라의 미래요!"

진솔은 생각했다. 이건 마치 광적인 종교의식 같다고.

담임 옆, 막바지 스퍼트에 몰두한 아이들의 책상 아래, 그리고 아이들이 넘기는 요점 노트의 각 페이지에 유령의 얼굴들이 가득했다. 이 순간까지도 나를 감시하는구나. 진솔은 생각했다. 알아들을 수도 없는 소음을 내며 지껄이는 꼴을 보아하니 머리가 어지러웠다.

"정진솔."

정신을 차려 보니 옆에 담임이 서 있었다. 출석부로 톡톡, 진솔의 머리를 때렸다.

"너는 이 순간에도 딴 데 보고 있냐. 분위기 흐리지 말라고 몇 번을 말해. 넌 인마, 요주의 인물이야. 시험시간 내내 어디 눈 돌릴 생각, 꿈에도 하지 마라."

진솔이 커닝을 하려던 것은 아니었지만, 담임에게 그런 것은 이미 중요치 않아 보였다.

*

해수의 무리가 급식실을 지나쳐 내려갔다. 급식실에서 일하던 조리원들이 일제히 몰려 나와 눈을 휘둥그레 뜨고 구경했다. 걱정되거나 짜증 났다기보다 조금 상기된 듯했다. 옆에는 유니폼을 입은 청소 노동자들도 있었다. 그 사이에 시치미를 뚝 떼고 서 있는 미희의 얼굴을 해수는 미처 보지 못했다. 너무 긴장한 탓에 손을 벌벌 떠느라 바빴다. 철문은 잠겨 있었다. 해수는 전날 미희가 준 열쇠로 문을 열려고 시도했다. 몇 번이나 헛손질을 해도 재촉하는 사람이 없었다. 해수 혼자 땀을 흘렸다. 교복 주머니에 넣어 둔 빗이 조용히 해수의 기억을 두드렸다. 허벅지가 간지러웠다.

어둠 속에서 모두 손을 더듬거리며 줄지어 층계를 내려갔다. 야, 여기 그……. 말소리가 나오자 여기저기서 쉿, 소리가 들렸다. 외고에 들어서는 순간까지는 아무도 이상한 낌새를 눈치채면 안 됐으니까. 해수는 처음 맞닥뜨렸던 지하 통로의 모양새와 냄새, 어쩐지 부옇고 서글픈 공기의 맛 같은 것을 다 함께 느끼는 이 순간이 꿈처럼 느껴졌다. 눈을 질끈 감고 열까지 세면 깨어날까. 그러나 눈을 감지는 않았다. 대신 익숙한 벽을 만졌다.

"불을 켤게요."

번쩍이는 몇 번의 점멸 후 마침내 복도 천장의 형광등에 불이 들어왔을 때, 처음 들어 보는 소리가 바람과 함께 모두의 몸을 휘감았다.

*

바닥이 흔들린다.

진솔은 문득 느꼈다. 모두가 입을 꾹 다물고 뚫어져라 감독관의 손에 들린 시험지만 보고 있을 때였다. 하나, 둘, 셋, 넷. 감독이 펄럭거리는 회색 시험지 장수를 세었다. 앞자리 아이들이 다른 애들보다 한 문제라도 먼저 보려고 눈을 부릅뜬 채 감독의 손을 응시했다. 이것마저 불공평하다며 매 시험 때마다 자리를 섞어 앉아야 한다고 주장하는 아이들도 많았다.

자, 뒤로 넘기고. 받자마자 시험지 엎고 손 머리 위로.

감독이 말하자마자 빠르게 시험지가 전달되었다. 뭐 하나, 받자마자 손 머리 위로! 감독이 다시금 소리쳤다.

이 진동을 나만 감각하는 걸까. 아니면 내가, 드디어 진짜로 미치기 시작한 걸까.

진솔은 깍지 낀 두 손으로 정수리를 누르며 책상 아래를 내려다보았다. 유령들이 시끄럽게 비명을 지르면서 교실 바닥을 주먹으로 치고 있었다. 손에 멍이 들고 피가 나도 아랑곳하지 않았다. 평생의 원수에게 복수하듯 눈을 부라렸다. 그 때문에 바닥이 흔들리는지도 몰랐다. 정말 유령의 짓이라면 진솔만이 느끼는 것이 당연할 터였다.

"거기, 정진솔. 뭐 하냐? 왜 쓸데없이 아래를 보냐, 어?"

감독의 말에, 뒤에 우두커니 서서 부감독을 하던 교사가 얼른 다가와 진솔의 책상 서랍과 무릎, 그리고 아래를 살폈다. 진솔은 정감독도 부감독도 누군지 몰랐다. 둘 다 3학년 선생이었으니까. 그러나 그들은 진솔을 잘 아는 것 같았다. 진솔이 학교의 명예를 실추시킬 뻔했으니까. 혹여 그 사건이 밖으로 새어 나간다면 학교의 명예가 떨어질 테고, 이는 대학 입시 결과와 직결되었다. 때문에 입시 결과에 목숨 건 그들은 진솔의 이름만 들어도 치를 떨 터였다.

진솔은 자신이 큰 징계 없이 학교에 다닐 수 있던 게 자신이 사통이든 어쨌든 외고생이기 때문이라고 착각했다. 시험 전날까지는 그랬다.

"잘못해서 학교 이름 팔리면 올해 스카이 입시는 죽 쑤는 거라고요. 한둘도 아니고 한 학급 가까이 되는 애들이 대리인

177

사서 성적을 조작했고, 심지어 그 대리가 어디 명문고도 일반
고도 아닌 특성화고 출신이다? 이거 밖에 새어 나가면요, 스
카이는 우리 학교 바로 버려요. 우리 자리를 다른 외고 애들로
더 채울 거고요. 애꿎은 고3 선배들이 피해 보는 거지. 그리고,
그렇게 죽 쑤고 나면 후배들에겐 영향이 없을 것 같아요? 알
잖아요, 한 번 바닥 친 그래프는 적어도 5년, 10년은 절대 다
시 못 올라가요. 중학생 학부모들이 소문을 못 들을 것 같아
요? 괜찮은 인풋은 다 다른 외고로 갈 거라고요."

그날 진솔은 교무실 폐휴지를 비우는 당번이었다. 자신과
같이 당번인 아이가 시험공부를 하겠다며 책상머리를 벗어나
지 않아서 진솔 혼자 무거운 폐휴지통을 낑낑대며 나르고 있
었다. 그 아이는 학급에서 조용하고 수줍은 아이였다. 파트너
가 진솔이 아니었다면 진솔에게 일을 떠넘기지 않았을 것이
다. 팔을 걷어붙이고 친구와 함께 폐휴지가 가득 든 바스켓을
운반했을 것이다. 너무나 확실했다. 그게 진솔의 입을 꾹 다물
게 했다. 나의 존재, 내 행실이 저토록 모난 것 없는 아이에게
까지 반감을 사는구나.

어쨌든 그 아이가 없었던 덕에, 교무실의 그 뾰족한 말들
을 혼자 훔치듯 들은 것이다.

바닥이 더 많이 흔들린다.

종이 울리는 소리가 들린다.

아이들이 리모컨으로 조종당하는 장난감처럼 일제히 목을 움츠리고, 어깨를 접고, 허리를 구부려 얇고 거친 시험지에 파고든다.

진솔도 컴퓨터용 사인펜을 든다. 첫 번째 문제는 쉽다. 금방 답을 고를 수 있다. 답은 무조건 2번이다. OMR 카드에 펜촉을 댄다.

그러나 씨익, 하는 소리와 함께 펜촉이 멋대로 미끄러진다. 진솔은 주위를 둘러본다. 모두 시험지에 코를 박고서는 정신없이 문제를 푸느라 여념이 없다. 주위를 가득 채운 사각사각 소리는 한 번도 끊길 틈이 없다. 나만 이 진동을 느끼는 걸까. 진솔은 의아하다.

"누가 고개 빼 드냐! 고개 들면 바로 부정행위 의심받을 줄 알아!"

정감독의 호통에 누군가 못마땅하다는 듯 앓는 소리를 낸다. 당신 탓에 집중력이 흐트러졌다는 타박일 것이다.

시험지로 시선을 돌리려는데 어깨와 목 부근이 사정없이 아프다. 자세가 좋지 않아서일까. 그러나 정감독은 고개를 들지 말라고 했다. 무엇보다 진솔은 아무것도 하지 않아도 일단 의심부터 받는 대상이니 목 한 번 돌릴 수도 없다.

대신 어깨와 목 사이를 주무르려고 왼손을 가져다 댄다.

그러다 눈을 휘둥그레 뜬다.

손에 잡히는 것은 자신의 살이 아니다.

덜컹.

책상이 소리를 내며 움직인다. 자신을 향해 얼굴을 휙 돌리고 바라보는 감독관의 시선이 느껴진다. 정수리가 따갑다.

책상 다리에 유령이 붙어 있다. 유령이 책상 다리를 움켜쥐고서 마구 흔든다. 아는 얼굴. 엄마와 아빠다. 아빠가 입을 연다.

"우리가 지금껏 부모 노릇을 얼마나 열심히 했는데."

엄마가 거든다.

"은혜를 갚아야지. 이렇게 네 부모를 버려 놓고 혼자 잘되려고?"

그러더니 난장을 친다.

"당장 사과해. 큰일 안 나게 하려면, 당장 우릴 돌려놓고 싹싹 빌겠다고 맹세해!"

누군가 또 짜증을 담은 헛기침을 한다. 감독관이 다가오는 게 느껴진다. 진솔은 어깨에 올린 손을 얼른 내리려고 했지만 그것마저 쉽지 않다. 등에 매달린 유령의 손아귀에 진솔의 왼손이 붙들려 있기 때문이다.

진솔은 땀을 흘리기 시작한다. 몸 여기저기서 줄줄 땀이 흐른다. 유령의 몸도 함께 젖을 것이다.

그러나 오른손은 뭐에 씐 것처럼 계속해서 문제를 풀고 있다. 이제 책상은 앞뒤로 끽끽 소리를 내며 움직인다. 왼손은 유령의 손아귀에서 벗어나지 못하고 있는데, 오른손은 쉬지 못한다.

"너 인마, 지금 뭐 하는 거야?"

정수리 앞쪽에서 감독관이 묻는다. 진솔은 고개를 들고 싶어도 들 수 없다. 감독관이 고개를 들지 말라고 했으니까. 고개를 들면 바로 부정행위로 의심할 거라고 했으니까.

"책상 소리 당장 안 멈춰?"

이럴 시간이 없으니까. 한 문제라도 더 봐야 하니까…….

"야 인마, 이 새끼 미쳤네, 이거?"

한참 후에 "우리가 올라오면 어차피 시험 망치는 건데, 왜 그렇게 열심히 문제를 풀고 있던 거야?"라고 정보고 졸업생 중 누군가 물었을 때, 진솔은 자신이 느꼈던 기이한 두려움을 어찌 설명해야 할지 몰라 애를 먹었다. 사실은 뭐가 두려운 건지도 헷갈렸으니까. 시위가 초장부터 가로막혀서 시험이 예정대로 진행되는 상황? 시끄러운 소리에도 아랑곳하지 않고 손을 멈추지 않는 친구들? 어떤 일이 일어나도 고개를 들지 말라는 감독관? 자신에게 씌워져 아무리 용을 써도 사라지지 않는 멍에? 어디까지 해코지할 작정인지 도저히 속내를 알 수 없는 유령들? 알 수 없었다. 그러니 진솔이 할 수 있는 대답은 지금껏 머리가 빠개질 정도로 많이 들어온 말뿐이었다.

"'너 같은 애'가 되지 않기 위해서요. 저 같은 애가 되면 인생 망하는 거라고 했거든요. 그래서 저는 저 같은 애가 되지 않으려 했나 봐요……."

24

통로는 그간 해수가 봤던 것보다 열 배는 더 넓어져 있었다. 갑자기 지하철이 지나가듯 맞바람이 불었다. 눈을 질끈 감았다가 다시 떴다. 그때 바람에 실려 온 무언가가 해수의 몸통에 붙었다. 해수뿐만이 아니었다. 그것은 어떤 선배의 무릎을, 한 친구의 얼굴을 덮었다.

종이였다. 지하철역 앞에서 나눠 주는 전단지처럼 조금 매끈하고 테두리가 날카로운 종이. 해수는 몸통에 붙은 종이를 떼다가 거기에 많은 사람의 얼굴이 줄줄이 인쇄되어 있다는 사실을 깨달았다. 해수 또래로 보이는 얼굴들이었는데, 대부분 걱정 같은 건 하나도 없다는 듯 환하게 웃고 있었다.

사진 아래는 글씨가 줄줄이 적혀 있었다. 그러고 보니 지하철에서 자주 볼 수 있는 실종 아동 찾기 광고 같은 모양새였다. 160cm, 50kg, 교복 차림, 덧니가 있고 팔뚝에 커다란 점이 있음, 같은.

"이게…….."

한 선배가 허리를 굽히고 그 종이를 가만히 들여다보더니 깨알 같은 글씨를 소리 내어 읽기 시작했다.

저는 서원외고 20기 주다솜입니다. 2학년 재학 당시 성적 하락을 비관해 유서를 남기고 마포대교에서 투신했습니다. 담임이 이렇게까지 멍청한 학생은 본 적이 없다며, 갈 대학이 없다고 폭언을 일삼았기 때문입니다. 유해가 발견되지 않아 현재까지 실종 혹은 가출로 처리되는 바람에 아직 장례식을 하지 못했습니다.

"20기면 15년 전이야."

선배가 말했다. 그러고는 옆 사진에 달린 글도 읽었다.

제 이름은 함진명, 서원외고 15기입니다. 3학년 2반 담임의 이름은 우선종입니다. 저는 은밀하게 이루어진 담임의 폭언과 폭행을 학교에 고발했으나 학교에서는 무대응으로 일관했고, 그 후로 폭력은 더 심해졌습니다. 결국 지하철 선로에 몸을 던졌습니다.

"우선종이면 저희 반 담임이에요······."

해수가 할 수 있는 말은 그게 다였다. 죽은 이들의 슬픈 자기소개는 계속 이어졌다. 거기에는 외고뿐 아니라 정보고 학생들도 보였다.

저는 서원정보고 26기 양지현입니다. 미디어마케팅학과 3학년 1학기에 식품업계 공장으로 실습을 나갔습니다. 실장에게 스토킹을 당해 담임에게 도움을 요청했지만 제가 처신을 잘못해서 그런 거라는 말을 들어야 했습니다. 제 마지막을 기억하지 못합니다. 유서 없는 자살로 처리되었습니다.

제 이름은 현민혁, 서원정보고 졸업식 전날 사망했습니다. 학교에서 안전 수칙에 입각한 설비 점검이 필수라고 배웠기에, 실습 현장에 나가며 이 부분을 건의했지만 개선되지 않았습니다. 오히려 보복성으로 근무표가 갑자기 변경되면서 하루에 16시간을 일해야 했습니다. 제가 일하지 않으면 팀원들이 고통받는 구조였습니다. 그래서 꾹 참고 일하던 중에 졸다가 바로 그 설비에 팔 한쪽이 끼어 들어갔습니다.

거기까지 읽은 선배가 눈물을 흘렸다. 이렇게 많은 사람이 죽을 수 있나. 그런데도 이렇게 학교가 멀쩡할 수 있나. 이런 사연들이 수두룩한데 어떻게 아무도 모를 수 있었나.

해수는 문득 깨달았다.

"하나 쌤이……."

해수가 말했다. 어? 옆에서 선배가 되물었다.

"하나 쌤이 모은 내용인가 봐요. 여기 지하가, 하나 쌤 공간이었거든요."

연림과 미희에게 들었던 하나라는 사람이라면 아마도 충분히 할 수 있을 터였다. 그런 마음을 먹었을 것이었다. 죽고 나서도.

"억울한 아이들에 대한 자료를 다 모았나 봐요. 선생님이니까…… 하나 쌤은 선생님이었으니까. 아이들을 보살펴 줘야 하는 사람이었으니까……. 다들 학교 명예 때문에 깔아뭉개고 모른 척했지만, 하나 쌤은 그럴 수 없으니까 하나하나 다 찾아낸 거예요."

그리고 무엇보다 중요한 것은…….

"사연만 모은 게 아니에요. 저는, 으로 시작하잖아요. 다 자기 얘기를 직접 하고 있잖아요. 영혼을 부른 거예요. 같이 있자고. 같은 슬픔을 가지고 있는 사람들이니까, 비록 영혼이 되었어도 그 슬픔은 사라진 것이 아닐 테니까."

진솔과 해수를 부른 이유 역시 어쩌면 비슷할지도 몰랐다.

"하나 쌤이 죽고 난 뒤, 이곳에 살아 있는 애들이 찾아온 것은 아마 되게 오랜만이었을 거예요. 그런데 그 애들 얼굴빛이 옛날 자기 모습과도, 또 주변 아이들의 모습과도 너무 비슷하게 보이지 않았을까요. 금방이라도 죽을 것처럼. 그래서 하나 쌤은……."

소원을 들어주었고.

지독하게 따라다니는 유령들이 이 지하 통로에만은 닿지 못하도록 막아 주었고.

그리고 마침내, 상처받았지만 어디서도 항변할 수 없었던 재학생들과 졸업생들이 무언가를 해 보려 들고일어나자, 비로소 보여 주는 것이다. 이전에는 우리가 있었다고. 같은 곳에 같은 상처를 입은 사람들이 있었다고.

이게 비약이거나 허무맹랑한 상상이라 하더라도 해수는 그렇게 믿기로 했다. 그리고 조금 엉뚱한 생각을 했다.

가족의 정의를 다시 내리라 하면 나는 이렇게 말할 거야.

같은 곳에 같은 상처를 입은 사람을 가족이라 정의해요.

피 따위는 중요하게 생각하지 않아요. 등본 같은 건 갈기갈기 찢어 변기에 넣고 물을 내릴래요. 그런 건 하나도 소중하지 않으니까요, 내 인생을 꾸역꾸역 살아가는 데 있어서는.

사랑하고, 응원하고, 응원받는 게 가족의 필요조건이라면, 제 인생의 가족은 지금 저 때문에 분노하고 있는 사람들, 그리고 제게 두려움을 주지 않으려고 조심하는 다정한 영혼들뿐이 겠지요.

바닥에 수북이 쌓인 종이 더미를 하염없이 바라보던 친구 하나가 눈물을 훔치며 코를 훌쩍였다. 해수는 속으로 한마디 를 덧붙였다. 그리고 가족은 가족을 위해 울 줄 알아야 해요. 저와 피로 연결된 사람들은 그러지 않았어요. 그러니 오히려 저 친구가 내 가족이지 않을까요.

종이 더미를 밟지 않으려고 줍거나 피해서 천천히 통로를 지나갔다. 그렇게 지하 복도의 막바지에 이르렀을 때 사람들 모두 주변에 보이지 않는 존재가 함께한다는 것을 느낄 수 있 었다. 어떤 느낌인데, 라고 묻는다면 할 말은 없다. 할 말이 없 어도 설명되어야 하는 것이 가족일 테니까.

쿵, 쿵, 쿵. 함께 걸어가며 비슷해진 심장박동 소리인지, 초 현실적인 존재들이 구르는 발소리인지 모를 것이 울렸다.

"이젠 뭐든 좋아."

해수는 이렇게 말하면서 가장 먼저 계단을 오르기 시작했 다. 쿵, 쿵. 발바닥 아래가 진동했다.

25

갈라진 벽에서 석회 가루가 떨어지고 금방이라도 천장에서 떨어질 것처럼 형광등이 진자운동을 해도 아이들은 움직이지 않았다. 계속해서 냄새나는 갱지에 코를 박고 있었다. 그러나 자발적인 처사는 아니었다. 동공은 사정없이 움직였다. 사지를 막고 있는 것은 감독관의 호령이었다.

"뭐? 진동? 지금 무슨 소리 하는 거냐. 아무 느낌도 느껴지지 않는데. 너희가 정신이 썩어서 이상한 헛것을 보나 보다. 그래도 그런 일로 피해를 주면 안 되지. 다른 반 애들은 열심히 문제를 풀 텐데. 집중력의 차이가 바로 10년 후 존재의 차이야. 시험이란 이름이 붙은 모든 것은 절대로 번복되지 않아!

그건 이 땅에서의 견고한 약속이지. 다시 고개 처박아."

1교시 시험을 종료하는 종이 울린 직후였다. 맨 뒷자리 아이들이 일제히 일어나 각 줄의 OMR 카드를 하나씩 걷었고, 다른 아이들은 머리에 손을 올리고 있었다. 그때 커다랗고 무거운 석고 덩어리가 교실 뒤편에 떨어지면서 자갈만 한 조각들이 아이들의 손등을 가격했다. 손등을 맞은 몇몇 아이들이 비명을 지르며 자리에서 벌떡 일어났다. 그러자 앞자리 아이들이 뒤를 돌아보았다.

"OMR 다 안 걷었는데 누가 돌아보냐."

감독의 말에 아이들의 고개가 일제히 앞으로 향했다. 뒷자리 아이들이 OMR 카드 뭉치를 감독관에게 내밀었다. 감독이 수합하여 한 장 한 장 수를 세는 동안 그 아이들은 자기 자리로 돌아가지도 못한 채 우두커니 그 옆을 지켰다. 확인이 끝났는지 마침내 감독관이 고무줄로 카드를 묶었다.

"선생님, 저희는 어디 앉아서 2교시 시험을 봐요……?"

교실을 나가려는 선생의 앞을 뒷자리 아이들이 가로막았다. 이미 다른 아이들은 2교시 시험 과목의 책과 요점 노트를 펄럭거리며 보는 중이었다. 선생은 지시봉으로 한 아이의 어깨를 꾹 찌르며 말했다.

"일단 서서 공부하고 있어. 시험은 어디서든 볼 수 있게 해줄 거니까. 보고부터 해야 하니까 가만히 있어."

그러더니 교실 밖으로 나가 버렸다.

말도 안 되는 일이었다.

진솔은 벌떡 일어났다. 습격이 어떤 식으로 진행되는지 알고 있었다. 1교시 시험이 끝날 때쯤 통로를 건너온 정보고 학생들이 외고 각 층의 복도를 오가며 시험을 중단시킨다는 계획이었다. 온갖 플래카드와 피켓을 들고, 확성기로 그동안 얼마나 부당한 일들이 있었는지 알릴 거라고 했다. 시험에 목숨 거는 학교 특성상 시험날에 벌어진 일을 없던 걸로 치부하기는 불가능할 거라며, 이렇게라도 해야 학교가 이 일을 묵인하지 않을 거라는 논리였다.

계획이 변하지 않았다면, 제아무리 많은 사람이 모여도 이런 상황이 펼쳐질 리 없었다. 굳건한 학교 건물을 무너뜨릴 힘이 있다고는 생각할 수 없었다. 그런데 지금 이 광경을 어떻게 설명할 수 있을까, 그리고 무엇보다 저 선생은 대체 무슨 생각으로 아이들에게 가만히 기다리고 하는 걸까. 진솔은 도저히 헤아릴 수가 없었다.

이대로 우르르 붕괴되면, 학교 건물이 그대로 무너져 내려 아이들이 다치거나 죽기라도 한다면 어떡하라고?

"나가야 해!"

진솔이 더는 참지 못하고 외쳤다. 몇몇이 진솔을 돌아보았다. 진솔은 그 사건 이후 지금까지 단 한 번도 교실에서 이만큼 큰 소리를 낸 적이 없었다.

"나가야 한다고!"

"야, 씨발! 미쳤냐? 시끄러워. 소리 지를 거면 밖에 나가서 해. 애들 공부하는 거 안 보여?"

학급 부회장이 드르륵 소리를 내며 일어나더니 진솔에게 손가락질하며 말했다. 그 아이의 손에 피멍이 들어 있었다.

"교실 무너지는 거 안 보이냐고, 지금."

"너만 눈 있냐? 우리도 다 눈 있어."

"그런데 지금 공부가 돼?"

"기다리라잖아, 학교에서."

"그러다 무너지면?"

"야."

부회장이 코웃음을 치더니 상상할 수도 없는 말을 했다.

"나갔다가 안 무너지면? 우리만 손해 봐. 무너져도 같이 무너져야지. 깔려도 같이 깔려야 나중에 같이 보상받지. 안 그러면 다른 반 애들이 뭐라고 하겠냐? 우리만 나가서 안 다치면, 화살은 무조건 우리한테 돌아와."

천장에서 부스러기가 떨어져 내렸다.

"너 같은 애들은 맘대로 해도 돼, 네 인생이니까. 그런데 우리 들쑤시지 말라고. 버티면 미래가 창창한데 자꾸 헛소리하면서 물 흐리지 말라고. 우리가 모를 줄 아냐? 너 같은 애들이 우리 보면서 인간도 아니라고 생각하는 거, 불쌍하게 여기려고 애쓰면서도 죽도록 미워하는 거, 내가 모를 줄 아냐고. 근데 그거 알아? 그거 다 약해 빠진 시기심에서 나오는 감정이다? 그래서 하나도 타격 없거든? 기분만 나쁘지. 너는 미래가 보장되지 않아서 지금 같이 죽자고 덤비는 거잖아. 우리 끌어들이지 마. 우리는 딱 3년만 지나면 너 같은 애들 다시 볼일 없는 상상도 못 할 곳으로 올라갈 거니까."

'너 같은 애들'이란 말보다 더더욱 진솔이 믿을 수 없던 단어는 '미래'였다.

"너는……."

진솔이 물었다.

"너는 그럼, 미래 때문에 이러는 거니?"

"그럼 뭐 때문에 이러겠어?"

부회장이 진솔에게 지우개를 집어 던지며 말했다.

"뭐 때문에 이러겠냐고. 미래 때문이지. 우리는 좋아서 이러고 있는 줄 알아? 참고 견뎌야 미래가 오니까 버티고 있는데, 제발 들쑤시지 좀 말라고. 씨발, 물귀신 조심하라고 아빠가 그렇게 말했는데. 입바른 말, 옳은 말 하는 척하면서 같이 인생 망하자고 덤비는 물귀신들이 제일 쓰레기라고, 절대 엮여서는 안 된다고 아빠가 그랬는데……."

193

부회장은 진솔에게 가장 친절한 아이였다.

아이들의 멸시가 심해진다 싶으면 나서서 막아 주었고, 왁
자지껄한 급식실에서 혼자 밥 먹는 것에 지친 진솔이 점심을
며칠 거른다 싶으면 자기 무리와 같이 급식을 먹을 수 있게 해
줬다. 너 원래 그런 애 아니잖아, 라는 말도 해 주었다. 너 원래
그런 애 아닌데 친구 잘못 사귀어서 실수한 거잖아. 그런데 다
들 너무 죽일 듯 구는 것 같아, 그렇지? 조금만 참아 줘. 그럼
애들도 금방 잊고 다시 너랑 잘 지낼 거야. 한 2학년쯤 되면
괜찮아지지 않을까?

그랬던 부회장이 이런 생각을 하고 있는 줄은 몰랐다. 그
러면서 대체 왜 나를 챙겼을까. 진솔이 속으로 던진 의문을 듣
기라도 한 것처럼 득달같이 날카로운 답이 날아들었다.

"부회장이라 봉사해 줬더니 분수도 모르고."

진솔은 혼자 교실을 나왔다. 복도에 물이 차올라 있었다.
밖은 해가 쨍쨍한데, 복도는 홍수라도 나서 배수구가 꽉 막힌
도로 같았다. 진솔이 한 발짝씩 내딛을 때마다 첨벙첨벙 소리
가 났다.

발밑에서 아우성치는 소리가 들렸다. 시위대가 2층까지는
올라온 모양이구나, 하고 5층에 있던 진솔은 생각했다. 몸이
왜 이렇게 축축 처지지, 하고 눈을 깜빡였다. 유령들이 물에

녹아 있었다. 물에 녹은 유령들이 *끈끈한* 해초처럼 진솔의 발목을 잡아당기고 있었다.

"마지막까지 이러기예요?"

신발 안쪽으로 물이 차올랐다. 진솔은 복도 끝에 있는 층계로 허우적대며 걸었다. 걸어가면서 물었다.

"아직도 당신들이 뭘 몰랐고 뭘 잘못했는지 모르겠어요?"

유령들의 손아귀에서 벗어나기 위해 몇 번이고 발을 굴러도 그들은 도저히 놓으려 하지 않았다.

26

　물이 떨어지기 시작한 것은 졸업생 언니의 제안에 따라 모두 통로를 향해 잠시 고개를 숙이고 묵념을 한 직후였다. 처음에는 아주 작은 물방울이 떨어졌다. 아이들의 머리로, 손등으로, 바닥으로 똑똑 소리를 내며. 물방울이 차갑지는 않았다. 미지근했다. 물방울을 맞은 사람들이 일제히 위를 올려다봤지만 천장은 마른 채였다. 어디서 물이 새는 것 같지는 않았다.

　물방울은 마치 살아 있는 것처럼 사람들의 걸음을 따라 함께 움직였다. 사람들이 멈추면 물방울도 미동이 없고, 사람들이 움직이면 물방울도 스멀스멀 앞으로 직진해서 똑똑, 소리를 내며 떨어졌다. 시간이 지날수록 물방울이 떨어지는 빈도

수가 점점 많아지더니 어느 순간부터는 동그란 방울이 아니라 직선 같은 물줄기가 되었다. 주르륵, 이라고 표현해야 맞을.

누군가 허공에서 주르륵 떨어지는 물줄기를 잽싸게 손으로 받고는 혀로 맛을 보더니 소리쳤다.

"야! 물이 짜!"

미쳤냐고, 그게 뭔지 알고 먹느냐고 누군가 핀잔을 줄 거라고 해수는 생각했으나 아무도 그러지 않았다. 물방울이 단단한 어딘가에서 맺혀 떨어지는 것이 아니라 허공에서 생기는 것임을 그즈음 모두가 봤기 때문이다. 물이 생기는 곳은 저마다 조금씩 달랐으나 언제나 사람의 눈높이 즈음이었다. 그러니까……

사진의 주인공들이 이곳을 함께 걸으며 눈물을 흘리고 있는 것처럼.

해수는 사람들을 모두 보내고 마지막으로 잠시 고개를 돌려 통로를 봤다. 그러곤 불을 끄려는데 놀라운 광경을 목격했다. 전단지 같은 종이에 있던 사진이 전부 사라지고 없었다.

*

"서원외고는 학생 차별과 인격 모독에 사과하라!"

"서원정보고는 학생 인권을 팔아넘기는 장사를 중단하라!"

"서원재단은 교육다운 교육을 하라!"

한 명씩 돌아가며 확성기에 대고 자신만의 구호를 선창하면, 모두가 따라 외쳤다. 맨 뒤에 있는 해수에게 확성기가 가려면 한참 걸릴 듯했다.

1층에 이르자마자 시위대는 멈춰야만 했다. 아직 입실하지 않은 1교시 감독관 선생들이 앞을 가로막았다. 그들은 시위대의 교복을 보더니 허, 하고 웃었다.

"너희 뭐냐? 오늘이 무슨 날인지는 알고 무단침입을 하는 거냐?"

나이 든 선생이 말했다. 그가 누군지 해수는 기억해 냈다. 공개 사과일에 그 자리에 있었던, 1학년 부장.

"너희, 재학생들. 너희 앞날 생각해서 얘기해 주는 건데, 당장 내려가. 너희 지금 졸업생들한테 완전히 이용당하는 거다. 졸업생들은 아무 책임 안 져. 징계는 너희가 받지. 저런 선배들이 너네한테 이득이 될 거 같냐? 학교 이름을 드높여도 모자랄 판에 학교를 공격하면 결국 그 피해는 재학생들에게 간다고. 이미 인생 실패한 졸업생들이 화풀이하는 데에 어린 너희는 이용당하고 있는 거야. 그러고 싶냐?"

만약 어제 비난의 대상이 되었다면 재학생들은 조금 흔들릴 수도 있을 터였다. 만약 그 통로의 사진들, 죽은 이들의 얼굴을 보고 사연을 읽은 후 고개 숙여 참담한 마음을 가다듬는 경험을 하지 못했다면.

아마도 부장이란 사람은 자신의 공격이 먹힐 거라고 확신한 모양이었다. 죽은 이들의 사진을 봤다는 사실을 몰랐으니까. 하지만 시위대는 아주 많이 달라져 있었다. 통로를 지나기 전후의 마음은 같을 수 없었다.

더 이상 참을 수 없던 해수는 사람들을 헤치고 앞으로 걸어 나갔다. 그러자 모두 해수가 지나갈 수 있게 길을 터 주었다.

"사람들이 죽었는데도 그런 말을 할 수 있어요?"

해수는 어렸을 때부터 기억력이 비상했다. 한번 눈여겨본 것은 웬만하면 잊지 않았다. 마치 사진처럼 기억 속에 자리했다. 만약 다른 부모를 만났다면 혹독한 영재교육을 받았을 것이다. 그러나 자식의 총명함엔 하등 관심이 없는 부모를 만났다. 지긋지긋하게도.

해수는 통로에서 만난 얼굴들의 이름과 사연을 하나하나 읊기 시작했다.

이름 석 자와 언제, 어디서 어린 목숨의 촛불이 사그라지게끔 스스로 입김을 불었는지까지 모두 다.

정보고와 외고 아이들의 이름을 하나씩 번갈아 가며 말했다.

이름 하나하나를 욀 때마다 물이 이마에, 콧등에, 옷깃에, 손에 떨어졌다. 해수 역시 울고 싶었지만 꾹 참았다. 궁금했다. 저 어른들이 뭐라고 대답할지.

그러나 부장은 그 이름들을 듣고도 반응하지 않았다.

"너 기억난다. 너 걔잖아, 정보고 수행 개."

"네, 저 맞는데요."

"너 인마, 아주 작정했구나? 그런데 어떡하냐. 너는 딱 개들이랑 관상이 똑같아. 네가 말한 애들. 죽은 애들. 몇 년만 버티면 밝은 앞날을 볼 수 있는데, 인내심도 없고, 기어갈 힘도 없어서 주저앉은 애들. 말해 줄까? 그런 애들은 뭘 해도 못 이뤄. 그러니까 너도 여기 탓하는 거 아주 우스운 일이라고. 알아, 인마? 너 같은 애들은, 똑똑한 척해 봤자 결과가 뻔해."

침 튀기며 지껄이던 그의 입가가 허옇게 말라붙고 있었다.

"우리 애들 문제집을 대신 풀어 줬다고? 수행평가 대신해 줬다고? 그걸 가지고 네가 우리 애들과 동등하다고 생각하는 것 같은데, 천만의 말씀이야. 너는 귀찮은 걸 대신해 주는 존재일 뿐이었다고. 원래 사회가 그래, 누구나 할 수 있는 건 돈 주고 시키면 되는 거지. 그런 걸 하청이라고 한단다. 너한텐 어려운 말이겠지만."

부장이 시위대를 휘 둘러보았다.

"학교가, 사회가 잘못되어서 너희가 못 버틴 걸까. 아니, 너희가 능력이 없으니까 못 버티는 거지! 그런 주제에 뭘 탓해? 우리 학교가 얼마나 좋은지는 졸업생들이 다 보여 주고 있잖아. 너희는 모르겠지, 그런 선배들을 본 적이 없으니까. 동창

회만 가면 얼마나 대단한 사람들이 모여서 모교를 자랑스럽게 말하는지. 장관, 의사, 판사에 성공한 사업가들. 어떻게 그렇게 성공했는지 알아? 다 모교에서 가르쳤기 때문이란다. 아니?"

"하나 쌤을 죽여 놓고도 그런 말이 나와요?"

해수가 묻자 부장이 웃었다.

웃었다.

웃을 수가 있나. 해수는 믿을 수 없었다. 부장이 팔짱을 끼고서 짝다리를 짚었다.

"그래, 너희들 보니까 걔가 생각난다. 어디서 굴러 들어왔는지, 학교를 망하게 만들려고 그딴 짓을 저질러? 약해 빠졌으면 어울리는 데로 가서 살아야지. 넘보지 말고. 분수에도 안 맞는 걸 넘봐서 그렇게 된 거야, 걔는. 너희가 지금 하는 짓이랑 똑같아!"

그때 빡, 하고 큰 소리가 나더니 부장이 그대로 스르르 허물어져 내렸다.

선생 몇몇이 비명을 질렀다. 무슨 일이지? 순간 겁이 난 해수가 그대로 붙박인 채 움직이지 못하자 선배 하나가 부장 쪽으로 몇 발자국 움직였다. 무언가가 부장의 머리를 강타한 모양이었다.

"감사패야."

'총동창회 일동 드림' 글씨가 새겨진, 30년 근속 기념 감사패. 그제야 부장의 뒤에 선 이가 눈에 들어왔다. 작고 마른 여자 선배였다. 단톡방에서도 말이 없고 조용했던 선배. 상사의 괴롭힘 때문에 우울증을 앓고 있다고 했었다. 선배의 마른 팔이 부들부들 흔들렸다. 입술을 떨면서도 선배는 말했다.

"내가 항상 듣던 말이잖아, 지긋지긋하게. 나는 평화롭게 싸우고 싶지 않아. 나는, 이기고 싶어."

이제 물은 비처럼 내리고 있었다. 모두의 옷섶이 젖어 들어갈 정도였다.

"비켜요."

선배들이 선생들을 밀치며 앞으로 나아갔다. 선생들은 고함을 지르지도 못했다. 그저 비를 피하기에 바빴다. 두 손으로 머리를 감싸고 황급히 교무실로 도망갔다. 그들 사이로 "나는 그런 사람이 아닌데……." 하면서 중얼거리는 사람, 몸에 힘이 다 빠졌는지 밀치면 그대로 밀려나는 사람이 있었다. 팔을 앞으로 뻗고 시위대를 막아 보겠다는 듯 시늉하는 사람들도 있었다. 그들은 서로 눈치를 봤다. 그들의 이런 움직임은 모든 일이 종결된 후 선생들은 무엇을 했느냐 추궁받을 때 변명하기 위한 행동에 불과했다.

아직 살아 계셔요! 얼른 119를 불러요! 아니, 112, 아니, 119! 아니, 뭐든! 시위대가 선생들을 지나쳤을 때 어떤 선생이 비명을 지르듯 외쳤다. 그리고 어떤 선생은 더 큰 목소리로 외첬다.

"일단 기다려요! 보고부터 해야 하니까! 함부로 신고하면
안 돼요, 큰일 나!"

그 소리를 듣자마자 선배 하나가 확성기에 대고 외쳤다.

"서원재단은 학생 인생을 담보로 삼는 행위를 중단하라!"

비는 계속 내렸다. 시위대가 교장실에 이르러 문을 벌컥
열어젖혔다. 그러나 방에는 아무도 없었다. 비가 내리면서 교
장실에 있는 어항의 물이 넘쳐흘렀고, 어항에서 밀려 나와 바
닥에 내동댕이쳐진 열대어들만이 눈을 둥그렇게 뜨고서는 입
과 아가미를 뻐끔거리고 있었다. 이 난리 통에 교장은 뭘 하고
있는 걸까. 교장실 옆은 이사장실이었다. 하지만 얼굴 한 번
제대로 내비친 적 없는 이사장이 출근했을 리가 없었다.

해수는 얼른 두 손을 둥글게 모으고는 열대어를 들어 올
렸다. 옆에 있는 친구들이 너나없이 해수를 따라 했다. 두려운
듯 눈을 질끈 감고 있는 친구도 있었다. 물고기를 징그러워하
는 아이들은 많으니까. 그러나 그러면서도, 손으로 물고기를
보듬었다.

해수가 조심스레 어항에 물고기들을 집어넣고 다시 물이
넘치지 않게 하려면 어떻게 해야 할지 고민하고 있을 때였다.
옆에서 선배가 자신의 재킷을 벗었다. 진수건설이라고 쓰여
있는 작업복이었다.

선배는 작업복으로 어항 위를 덮었다. 완전히 밀폐시키지 않고, 공기가 통하게 얇은 틈이 생기도록 비스듬히 덮었다.

해수는 상상했다. 저 열대어들은 물이끼 낀 이 작은 어항에 갇혀 있으면서 유리 너머로 어떤 장면들을 보았을까. 대부분은 덩그러니 있는 소파나 이곳에 교장이 앉아 있는 재미없는 풍경이었을 테고, 가끔은 교장에게 누군가가 멸시당하는 광경이었을 것이다. 그걸 보았을 것이다. 그리고 이렇게 지루하게나마 살 수 있도록, 지느러미와 비늘이 오염되어 죽지 않도록 어항을 매일 청소해 주는 사람은 주인이 아니고 주인이 고용한 누군가였을 것이다. 아마도 연림과 같은.

열대어들이 아는 인간의 세상이란 딱 그 정도일 것이다.

이상하지, 거기까지 생각하자 갑자기 눈물이 났다. 조금 전까지도 멀쩡했는데. 해수는 자신이 힘들 때도, 수모를 겪을 때도, 종이에 인쇄된 죽은 이들의 초상을 봤을 때도 울지 않았다. 그런데 필사적으로 뻐끔거리는 입과 아가미가, 해수가 쌓아 왔던 둑을 터뜨린 것 같았다. 슬퍼서가 아니라 화가 나서 나오는 눈물이었다. 이 방의 주인에게 열대어는 아주 쉽게 교체될 수 있는, 별로 소중하지 않은 생명일 테니까. 죽어 버린 학생들처럼. 열대어의 삶은 하나도 중요치 않은 것이다. 관상용. 이 공간이 있어 보이게 만드는. 결국 이 재단에게 학생 역시 관상용이 아닐까. 좋은 모습이 아니면 교체해 버리는 게 나은. 죽으면 흉하니까 얼른 치워 버려야 하는.

옆에 있던 선배가 해수의 어깨를 툭툭 치더니 주머니에서 손수건을 꺼내 건넸다.

"제가 우는지 어떻게 알았어요? 이렇게 비가 오는데."

해수의 물음에 선배가 대답했다.

"눈물을 보이는 것만이 우는 게 아니야. 장비보다 못한 취급을 받으면서 일하다 보면 저절로 알게 돼. 그게 내 표정이니까. 그런 표정을 해 본 사람만 알 수 있어."

그러고는 덧붙였다.

"아까 그 선생 같은 사람은 절대 몰라. 그래서 놓치는 게 뭔지도 모를 거야. 아마 평생 알지 못하겠지. 오히려 알지 못하는 걸 자랑으로 여길 거야."

27

진솔은 복도에서 몇 번이고 유령에게 발목이 잡혀 앞으로
고꾸라졌지만, 그러면서도 층계로 향했다. 그리고 마침내 층
계에 다다랐을 때에야 비로소 아우성치는 소리가 무슨 말이었
는지 알아들을 수 있었다. 학생의 삶을 담보로 잡지 말라, 차
별하지 말라, 재단은 장사가 아닌 교육을 해라. 그 소리를 듣
다가 문득 깨달았다. 스피커에서 2교시 시험 예비종이 울리지
않았다는 사실을. 감감무소식이었다.

학생들도 이상한 것을 알아챈 모양이었다. 한두 명씩, 아마
도 반장이거나 반장의 지령을 받았을 아이들이 교실 밖으로
고개를 내밀었다. 선생님 안 오는데! 그 아이들이 교실에 있는

친구들을 향해 소리쳤다. 그러면 교실에서 볼멘소리가 터져 나왔다. 아니, 지금 5분이나 지났는데 어떻게 된 거야? 야, 우리 반만 감독 안 들어온 거 아니야?

교실 문을 다시 닫으려던 어떤 아이는 복도에서 허우적거리는 진솔을 발견했다. 그러나 발목 언저리까지 물이 찬 것을 보고도, 몇 번이나 넘어져 진솔의 교복이 다 젖은 것을 보고도, 그 애는 지금 본 장면을 잊어버리려는 듯 두 눈을 꼭 감고는 교실 문을 닫았다. 그 애가 문을 닫기 직전, 진솔은 문틈으로 교실 천장에서 내려앉은 철골이 책상 두어 개를 두 동강 낸 것을 보았다. 그랬는데도 모두가 교실 안에 있었다.

죽어도 좋으니 일단은 시험을 보겠다는 걸까…….

혹은 무언가에 홀린 것일지도 모르고.

층계에서 유령들은 더 거세게 날뛰었다. 진솔이 층계를 내려가지 못하도록 막으려는 모양이었다. 진솔은 넘어지면서 겨우 발목까지밖에 오지 않는 물을 몇 번이고 먹었다. 숨이 안 쉬어지고 코가 아프고 눈과 귀에서 물이 흘렀다. 접싯물에 코 박고 죽는다는 속담이 거짓이 아니구나. 그 와중에도 진솔은 엉뚱한 생각을 했다. 이 학교를 벗어날 수 있을까. 땅에 발을 디딜 수 있을까. 이 교복을 말릴 수 있을까. 내일이 올까. 유령들은 내가 이곳에 뼈를 묻기를 바라는 걸까. 엄마, 아빠는.

죽어.

이제 유령들은 직접적으로 말하기 시작했다.

죽어.

죽어도, 학교에서 죽어.

나가지 말고 여기서 죽으라고.

그렇게 죽어 버려.

"야, 여기!"

누군가 외쳤다. 물이 들어가면서 귀가 먹먹해지고 시야가
흐려진 탓에 사람이 가까이 온 것도 알아채지 못한 모양이었
다. 진솔은 눈을 비볐다. 교복은 아니고, 감색 유니폼을 입고
있었다. 무슨 회사의 작업복 같아 보였다.

"야, 정신 차려!"

유니폼이 진솔을 일으켜 세웠다. 진솔이 아닌 타인의 피부
가 닿자마자 유령들이 질겁하며 손길을 거두었다. 진솔은 그
제야 비틀거리며 일어났지만, 다리에 힘이 풀려 자꾸 고꾸라
지려 했다. 유니폼이 진솔을 부축하다가 이내 등을 들이댔다.
업혀. 유니폼이 말했다.

*

시위대의 모두가 당황하는 중이었다.

꼭대기 층인 6층까지 모든 복도를 돌았다. 끊임없이 눈물

을 흘리는 영혼들도 그만큼 함께 움직였다. 신발과 양말이 모두 젖고 목도 칼칼해졌다. 선생들은 이미 감사패 사건 이후 지레 겁을 먹고 숨어 버린 후였다. 경찰에 신고를 한 것 같지는 않았다. 사이렌 소리 같은 건 어디서도 들려오지 않았으니까. 아마 학교 이름이 실추될까 봐, 학부모들이 또 들고일어날까 봐 어떻게든 꼭꼭 숨기려는 의도인 듯했다.

그런데 왜 학생들은 밖으로 나오지 않는 걸까.

이토록 목청 높여 구호를 외치고 있는데, 왜 그 어느 학생도 교실 밖으로 나와 무슨 상황이 벌어지고 있는지 살필 생각을 하지 않는 걸까.

아무 교실이나 들어가서 점거라도 해야 하는 거 아냐? 6층 층계에 모두가 모였을 때 누군가 확성기에 대고 의견을 말했다. 원래 계획으로만 보면 이 상황은 정보고 선배들이 최대한 피하고자 했던 상황이었다. 나이가 몇 살이라도 더 먹은 사람들이, 나이 어린 친구들 앞에 서서 큰소리 내는 장면을 만들고 싶지 않다고 했다. 최대한 시끄럽게 해서 아이들 스스로 교실을 나오게 만들자는 게 그들의 계획이었다. 커다란 목소리로 잘잘못을 따지는 건 선생들 앞에서만 하면 될 일이라고 했다.

그러나 선생들이 이 계획의 의도대로 완벽히 움직여 준 것에 반해 학생들은 그러지 않았다.

"에이 씨, 그냥 열어요."

2학년생 하나가 가장 가까운 교실로 달려가 문손잡이를 잡았다.

"그냥 들어가서 죽이 되든 밥이 되든 덤벼 보자고요."

그러고는 문을 열었다. 진솔을 업은 유니폼이 모두의 앞에 모습을 드러낸 것도 그즈음이었다.

"야!"

2학년생이 말했다.

"야, 너네 시험공부 그만해! 교실 바닥에 물 차는 거 안 보이냐, 지금? 학교 복도 존나 시끄러운 거 안 들려?"

그 애는 말을 끝내기 무섭게 다시 교실 밖으로 튕기듯 달음질쳐 나왔다. 그 애의 턱이 덜덜 떨리고 있었다. 뭐야…… 뭐야? 사람들이 물었지만, 그 애는 대답하지 못했다. 그저 두 손으로 물이 가득한 바닥을 짚고 신음할 따름이었다.

다른 이들이 다시 그 문을 열었다. 정보고 시위대는 우르르 그 교실 안으로 들어갔다. 겁이 나도 일단 사람을 살리는 게 먼저니까.

해수는 문 안쪽의 광경을 보았다. 불가해한 광경이었다. 천장이 무너지면서 다쳤는지 학생들은 피를 철철 흘렸지만, 그럼에도 바위처럼 굳건하게 앉아 자습을 하고 있었다. 시위대를 보지도 않았고, 시위대가 안간힘을 쓰며 그들을 책상에서 끌어 내리려고 해도 끄떡하지 않았다.

그들은 피를 흘려도 눈을 치뜨고는 계속해서 눈앞의 텍스트만을 노려보고, 부르튼 입술로 공식 같은 걸 중얼중얼 외고, 이상한 방향으로 꺾인 손가락으로 공책에 무언가를 썼다.

사람이 아니야.

그 모습을 본 진솔이 참담한 마음으로 되뇌었다.

사람이 아니게 되었단 말이야.

시위대 선배 하나가 더는 봐줄 수 없다는 듯 요란한 소리를 내더니 교실 출입문을 발로 걷어찬 후 성큼성큼 그 안으로 들어갔다. 그런 다음 가장 왜소해 보이는 남자아이 하나를 붙잡고 마구 끌어내리려고 했다. 너 이렇게 죽을 거야? 너네 다 죽을 거냐고! 소리치면서.

하지만 선배보다 키가 한참이나 작은데도 불구하고 그 아이의 힘은 엄청났다. 절대 자리에서 엉덩이를 떼지 않았다. 선배는 그 아이를 계속 낑낑대며 끌어당기다가 결국 뒤로 나동그라져 바닥에 허리를 찧었다. 그때 형광등 하나가 아래로 떨어져 산산조각이 났다. 비명이 터졌다. 그러나 비명을 지르는 이들은 온통 시위대뿐이었다. 교실 안 아이들은 입을 꾹 다문 채 계속해서 자습을 하고 있었다.

28

"나오게 만들어야 해."

시위대는 건물 밖 운동장 농구대 앞에 모였다. 당장이라도 학교가 무너질 것 같아 두려웠다. 축축한 학교 안과 달리 밖은 아주 뜨거웠다. 햇볕이 거셌다. 젖은 옷에서 김이 오르는 것 같았다.

"애들이 더 이상 다쳐서는 안 돼. 애들만큼은."

"쟤들 지금 제정신 아니야. 뭔가에 홀렸다고."

해수는 지하 통로에서 무슨 일이 있었는지 진솔에게 말했다. 사진과 사연들에 대해서도. 진솔은 해수의 손을 꼭 잡았다. 한 번도 그런 이야기를 들은 적이 없었다. 서울대 50명, 연세대 100명, 고려대 102명. 학교는 그런 숫자만 셌으니까. 같은 반 아이들에게서도 학생의 죽음에 대한 소문은 들은 적이 없었다. 카더라에 빠삭한 학부모들이 모를 리 없을 텐데도.

해수가 선배들과 대화하기 위해 잠깐 자리를 비운 사이, 진솔 옆에서 이것저것 챙겨 주던 유니폼이 다가와 말했다.

"너도 저 아이들이 제정신이 아니라고 생각해?"

진솔은 유니폼을 바라보았다. 유니폼은 힘이 셌다. 진솔을 업은 채로 여기까지 내려왔다.

"아니면…… 네가 알고 겪었던 그대로라고 생각해?"

유도신문일까. 그렇다면 너무 티 나는 질문이었다. 그러나 진솔은 그 순간 가슴속 어딘가에 틀어박혀 있던 응어리가 천천히 아래로 내려가는 것을 느꼈다. 그랬다. 사실 진솔은…….

"저런 애들이에요."

누구에게도 말한 적 없지만, 진솔은 아이들을 진심으로 미워했다. 사람으로서 그러면 안 된다고 자신을 다그치면서도.

"저런 애들이에요, 원래. 어디 빙의된 것도 아니고 홀린 것도 아니야. 그냥 원래 저런 애들이라고요."

해수에게조차 말한 적 없지만, 진솔은 정말로 그렇게 생각했다. 눈앞에 보이는 유령보다 무서운 것이 학교의 산 사람이었다. 이대로 3년을 버텨야 한다고 생각하면 아득했다. 몇 번이고 학교를 그만두고 싶었어도 그러지 못했던 이유의 8할은 그저 해수 때문이었다. 해수가 미안해할까 봐. 자기 탓이라고 생각할 것 같아서.

유니폼이 진솔의 머리를 만지려다 말고 멈칫하자, 진솔이 말했다. 쓰다듬고 싶으면 쓰다듬어 줘도 돼요. 불쌍하면 불쌍하다 말해요. 혹시 네가 잘못 생각하는 거다 말하고 싶으면, 그렇게 말해도 상관없어요. 어차피 그런 말은 너무 많이 들어서 별로 상처받지도 않거든요…….

그러자 유니폼은 진솔의 머리 위에 가만히 손바닥을 올려놓더니 속삭였다.

"아니, 네 말이 맞아."

진솔은 고개를 돌렸다. 유니폼의 얼굴을 보았다.

유니폼의 입술이 다시 움직였다.

"나도 그렇게 생각해."

그때 진솔은 생각했다. 안도와 사랑은 단 몇 글자의 말에서 오는지도 모른다고.

그러한 말들은 사실 하나도 힘들지 않다. 아주 평범하고 단출하다. 머리를 있는 대로 굴리며 멋진 척을 해야 할 필요도 없고, 칼로리가 소모될 정도도 아니다. 매일 숨 쉬는 것처럼, 그냥 입을 조금 벌리고 성대만 진동시키면 된다. 그뿐이다.

그런 말은 증오를 녹인다.

그러나 진솔은 그렇게 쉬운 말을 지금껏 해수에게서만 들어 왔다. 다들 어렵게 어려운 말만 한다. 따지고 계산하고 멸시하고 갚으려 들지, 아주 쉬운 말들은 아주 쉽게 넘겨 버린다. 마치 게임의 첫 스테이지에서 너무나 익숙한 장애물을 넘듯이 신경도 쓰지 않는다.

　"그렇게 생각해요?"

　"응."

　"내 말이 옳다고 생각해요?"

　"응."

　"내가 여기서 무언가 크게 잘못되었다고 생각하는 게 주제넘고 바보 같은 일이 아니라는 거예요?"

　유니폼은 주위를 휘 둘러보더니 다시 진솔에게 눈을 맞추고 말했다.

　"여기 있는 모두가 다 너랑 같은 생각을 했기 때문에 모인 거잖아. 그런 마음이 안 들었어?"

　진솔은 모두가 해수 때문에, 해수를 보고 왔다고 생각했다. 멀뚱멀뚱 바라보는 진솔의 눈꺼풀 위로 유니폼이 손바닥을 가져다 댔다. 진솔은 해수의 속눈썹이 자신의 손바닥을 간지럽히던 어느 날을 생각했다. 그러곤 엉뚱하게도, 자기 자신에게 내 속눈썹이 이 사람의 손바닥을 간지럽힐 수 있을 정도로 길까? 하는 질문이나 하고 있었다.

"잘될 거라고 말하지는 않을게. 그건 나도 모르니까. 근데 어떻게 해야 내가 잘되고 잘 풀리는지 알았어도, 내가 그 길로 갔을 거라는 생각은 별로 안 들어."

유니폼이 손바닥을 거두었다. 촉에 불붙은 화살처럼 햇살이 눈꺼풀 사이를 비집고 들어왔다. 진솔은 미간을 찌푸리며 눈을 떴다. 유니폼의 얼굴이 잘 보이지 않았다.

"너도, 엄마 아빠가 말했던 대로 나중에 잘될 인맥을 만들면서 편하게 지낼 수도 있었어. 그렇지만 눈에 보였잖아. 이상한 점들이. 그걸 못 본 척 넘어갔다면 삶이 편했겠지. 그런데 너는 그럴 수가 없는 사람이고 나도 마찬가지야."

누구에게도 엄마 아빠의 요구에 대해서 털어놓은 적이 없는데 유니폼은 이미 알고 있었다. 왁자지껄한 소리가 귓바퀴를 타고 뱅뱅 돌아 들어왔다. 그제야 진솔은 자신이 유니폼의 말 외엔 아무것도 듣지 못하고 있었다는 사실을 깨달았다.

"그리고 그건 잘못이 아니야. 사람들이 너에게 화를 낸 이유는, 진솔아, 네 존재가 그 사람들을 불편하게 만든 탓이야. 네 말만 들으면 자기가 나쁜 사람이 된 것 같아서, 그래서 견딜 수 없어서 복수하는 거야. 네가 잘못해서가 아니야."

저 말을 사람들에게 고스란히 전하면 어떤 일이 벌어질까. 진솔은 그만 유니폼의 가슴팍에 달린 지퍼에 얼굴을 묻고 말

있다. 교장에게, 담임에게, 그날 그 학부모들에게, 그리고 자신의 교복에 발자국을 내던 아이들에게 저 말을 전하면…….

"그 말을 전하기 위해서는 네가 해야 할 일이 있어."

이상했다. 밝은 빛에 익숙해졌는지 눈의 초점은 점점 또렷해졌으나, 유니폼의 얼굴은 여전히 흐릿하게 보였다. 그의 이목구비가 시야에 들어오지 않았다.

"우리가 학교 건물을 무너뜨릴까 해. 다 사라지도록. 완전히 박살 내고 싶어."

입술도 코도 눈도 보이지 않았다. 어떻게든 유니폼의 얼굴을 보려고 노력하던 진솔의 시야에 마침내 들어온 것은 콧등에 있는 점과 윗니에서 빛나는 은빛 교정기였다.

"우리도 다치게 하고 싶지는 않았어. 하지만 한 번쯤은 원한 같은 거 품어도 되잖아. 한 번쯤은 우리가 여기에 존재했었다고 말해도 되잖아."

진솔이 유니폼의 존재를 깨달았을 때, 유니폼은 사라지고 없었다.

학교를 무너뜨린다고?

진솔은 비틀비틀 일어나 다시 학교 건물을 향해 움직였다.

"야! 너 어디 가!"

그때 누군가의 외침이 들렸지만, 진솔은 돌아보지 않았다.

29

성적처리실 내부는 엉망진창이었다. 전교생의 1교시 OMR 카드가 물에 퉁퉁 불어 있었다. 손만 대도 갈기갈기 찢어졌고, 검은색 마킹 자국은 사라진 지 오래였다.

성적처리실 바로 옆은 방송실이었다. 진솔은 콘솔에 붙어 있는 포스트잇에 적힌 대로 방송 시스템을 켰다. 이런 방법을 쓴다는 게 우스웠다. 그러나 너무나 확실한 길이기도 했다. 일단 모두를 살려야 했다.

벨을 울렸다. 온에어 램프에 불이 들어왔다.

"서원외고 학생들에게 알립니다. 성적처리실에 누수가 발생하여 1교시 시험 답안지가 모두 훼손되었음을 알립니다."

그냥 누수가 발생했다고 말하면 아무도 자리를 뜨지 않을 게 분명했지만, 학생들이 제출한 결과물이, 자신이 얻을 수 있을 거라 확신했던 성과가 사라진다고 하면 상황이 전혀 달라질 거라고 예상했다. 진솔은 답안지가 훼손되었습니다, 하고 한 번 더 강조하고는 말을 이었다.

"학교 건물이 붕괴할 위험이 있으니 학생들은 모두 운동장으로 대피하시기 바랍니다."

그럼에도 불구하고 사방은 고요했다. 이럴 줄 알았지. 진솔은 고개를 끄덕였다. 그러지 않길 바랐는데 속이 상했다. 마이크에 대고 다시 입을 열었다.

"침수 피해로 1교시 시험을 전면 무효화하며 2교시 시험을 취소합니다. 붕괴 위험이 있으니 학생들은 전원 운동장으로 대피하시기 바랍니다."

주저하다가 한 문장을 더 말했다.

"지금 대피하지 않아 학생이 피해를 입어도 학교는 책임지지 않겠습니다."

아주 못생긴 문장이었다. 일터에서 당한 학생의 피해에 학교는 책임지지 않습니다, 라는 문장과 거의 똑같았으니까. 그래서 말하고 싶지 않았다. 서원정보고 졸업생 모두가 뻔히 겪어 왔고, 해수조차 언젠가는 들을지도 모를 말이었으니까.

그러나 아이들을 밖으로 내보내려면 꼭 해야 할 말이었다.

확실히, 즉각적인 효과가 있었다. 책상 끄는 소리가 하나둘씩 나기 시작하더니 곧 비명과 아우성이 산발적으로 울려 퍼졌다. 그때 확성기에서 나오는 시위대의 목소리가 운동장이 아니라 복도에서 들려 왔다.

"조심해요! 선배! 그쪽 복도로 나갈 거니까 인솔 부탁해요! 줄 세워요! 여러분, 줄 서요! 뛰지 말고 걸어갈게요!"

절반 넘는 시위대가 진솔을 따라 다시 학교 건물로 들어와 있었다. 건물이 언제 무너질지 모른다고 막았지만, 그들은 얼굴이 하얗게 질렸으면서도 괜찮다고, 할 수 있다고 말한 뒤 학교 건물로 들어왔다. 그러고는 진솔이 아이들을 끄집어낼 때까지 각 층과 복도에서 기다린 것이다.

얼마나 시간이 지났을까. 폭우 같은 발소리가 마침내 잦아들었다. 됐다, 됐어. 이제 다 무사할 거야. 진솔은 눈을 깜박였다. 그러고는 스스로에게 물었다. 내가 언제 이렇게 바닥에 주저앉았더라? 몸을 일으키려는데 다리에 힘이 들어가지 않았다. 긴장이 풀린 모양이라고, 그때는 그렇게 생각했다.

*

아이들은 오래 헤엄치다 방금 뭍에 올라온 사람들처럼 숨을 헉헉거렸다. 피 흘리는 아이들도 몇 있었지만, 대부분은 건물 안에서 내린 비에 씻겨 피부가 말끔했다. 교복 셔츠 깃에 물든 색을 보고서야 다친 정도를 짐작할 수 있을 뿐이었다.

"무슨 소나기처럼……."

남아 있는 사람들이 있는지 마지막으로 학교를 돌아보고 나오던 선배들이 축축하게 젖은 머리를 털었다.

"이제는 정말로 소나기처럼 와."

"선생들은?"

"어디 갔는지 모르겠어. 다 텅 비어 있어."

해수는 소리 내어 울기 시작하는 누군가를 달래다가 말고 급히 일어섰다. 눈이 부셨다. 땀과 빗물이 귀에까지 들어찬 듯 모든 소리가 수영장에서처럼 먹먹하게 들렸다. 물을 빼내기 위해서 고개를 비스듬히 꺾고 제자리뛰기를 해도 마찬가지였다. 누군가 옆에서 말했다. 너무 힘들어서 그럴 거야, 하고. 해수가 주위를 휘 둘러보더니 그 이유를 알았다는 듯 물었다.

"진솔이는 어디 있어요?"

몇백 명이나 되는 사람들이 운동장에 와글와글 모여 있었기에 진솔의 부재를 조금 늦게 알아챘다.

"아직 안 나왔어요?"

글쎄, 못 봤는데? 하는 선배의 대답과 동시에 해수는 운동장을 가로질러 뛰어갔다.

30

결국 마지막까지 이럴 거였다.

천장이 바닥으로 떨어지는 순간을 그저 기다려야 하는 마음은 상상했던 것보다 그다지 복잡하지 않았다. 해수가 말했던 그 지하실의 전단지, 거기 인쇄된 사진의 하나가 되어 버리고 말 거라는 상상을 하자, 이상하게 조금은 마음이 편안해졌다. 그들은 아마도 진솔을 따뜻하게 환대해 줄 테니까. 하나쌤도 만날 수 있을 것이다. 살아서는 한 번도 본 적 없는 자신을 도와주려고 노력했던 자의 얼굴을 직접 마주하게 된다면 정말 기쁠 것이다. 그래도 무섭거나 흉측한 모습으로는 만나고 싶지는 않은데, 어떡하지. 진솔은 실없는 상상임을 알면서도, 그 사진 속 사람들 중 그 누구도 자신을 외양으로 평가하지 않을 것을 알면서도 괜히 옆으로 돌아누웠다. 왼쪽 얼굴이 더 마음에 들었기에, 오른쪽 얼굴이 천장을 향하게 만들었다. 정면을 다치는 것보다는 오른쪽이 없는 귀신이 되는 게 낫겠다는 마음에서였다.

몸이 움직이자 유령들이 다시 다리를 잡아챘다. 이제 유령들에겐 힘이 있었다. 분노에서 나오는 것일까. 너 내가 얼마나 배 아파 낳았는지 알아? 네가 혼자 큰 줄 알아? 아주 저만 똑똑하지. 엄마 아빠 없이는 하루도 못 살고 죽을 애가! 엄마는 언젠가 그런 말을 하며 손을 쳐든 적이 있었다. 그러곤 뺨과 머리를 한 대씩 세차게 때리고는 본인이 더 깜짝 놀라더니 다시 몇 번을 더 때리며 사랑의 매라고 자신에게 주문을 걸듯 중얼거렸다. 사랑의 매, 사랑의 매. 그러나 지금 다리를 잡고 매달리는 것은 사랑이라 할 수 없지 않을까. 이것은 순전히, 진솔이 자신들의 명령에 복종하지 않았다는 사실에서 기인하는 보복일 뿐이었다.

"안 움직여요. 안 움직인다고요. 당신들이 원하던 대로 이 위대한 학교에 뼈를 묻겠다고요."

옆으로 몸을 돌리자 코와 입에 물이 들어왔다. 익사도 나쁘지는 않았다. 그러면 얼굴빛이 좋아 보이지는 않겠지만, 적어도 이목구비는 남길 수 있을 테니까……

유니폼도 만나게 되겠지. 기껏 업어서 살려 줬더니 왜 기어이 이곳에 온 거냐고 혼이 날지도 몰랐다. 그러면 진솔은 멋쩍게, 제가 원래 사람의 기대를 무너뜨리고 마는 버릇이 있거든요, 하고 대답할 것이었다. 다시 봐서 좋네요, 라고도 말해야지. 다시 보고 싶었어요, 는 조금 부끄러우니까 꾹꾹 숨겼다가 나중에 슬그머니 말할 작정이었다. 나비가 날듯이. 가볍고 빠르게. 금방 사라지게.

쩍 하고 벽 갈라지는 소리가 들렸다. 곧이어 쿵쿵대는 소리도 났다. 건물이 무너지려면 이런 소리가 나는구나. 진솔은 두 손으로 바닥에 있는 물을 휘저었다. 갈기갈기 찢긴 OMR 카드들이 손가락 사이에 달라붙었다.

애들은 재시험을 언제쯤 보려나.

날짜를 헤아리면서 눈을 감았다.

쿵.

쿵.

쿵쿵.

건물이 무너지는 소리가 이렇게 가볍던가?

조금 우스웠다.

하긴, 한 번도 들어 본 적이 없으니 모르는 게 당연하지.

그러나 얼굴을 덮칠 아픔을 기다리고 있는 진솔에게 돌아온 건 벼락같은 목소리였다.

"미쳤냐? 왜 거기 누워 있어!"

*

아직 공개 사과에 대해 이야기하지 않았던 어느 날, 교사 연수 때문에 단축 수업을 한 적이 있었다. 해수는 지하로 내려가 침낭 안에 들어가서는 가만히 누워 있었다. 외고는 단축 수업을 하지 않았기에 연림은 없었고, 미희만이 옆 빈백에 함께 누워 있었다. 해수가 물었다.

"자식에게까지 이기고 싶다는 마음이 드는 건 대체 무엇 때문일까요?"

"응?"

미희가 반문하자 해수가 말을 이었다.

"유령들이요. 아무리 생각해도 유령들은 저를 사랑하는 게 아니라, 저를 이기고 싶어 하는 것 같아요. 제 생각이 틀렸다는 걸 어떻게든 보여 주고 싶어서 안달이 난 것 같아요. 유령이 되기 전에도 그랬는데, 되고 나서는 더 심해진 것 같아요."

미희의 등과 어깨가 욱신댔다. 옛날 일을 떠올리면 언제나 그랬다. 몸을 일으켜 자기 어깨를 마구 주물렀다. 아구구, 하고 앓는 소리를 듣고 해수가 얼른 침낭에서 기어 나왔다. 해수는 이제 미희의 통증에 익숙해져 있었다. 자신이 무얼 해주면 미희가 좋아하는지 알았다.

"아마도 그럴 거야."

미희가 대답했다. 미희 어깨를 주무르는 해수의 악력 때문에 말이 뚝뚝 끊기긴 했지만.

"내가 겪은 바로는 그래. 사람은 기본적으로 승리하기 위해 태어난 게 아닌가 싶어. 오로지 이겨야만 기쁨을 느낄 수 있도록. 상대가 혈육이든 아니든 그건 별로 중요치 않고. 그러지 않았다면 세상이 지금과는 많이 달랐겠지. 지금 세상이 해수 네가 느끼기에 최선인 건 절대 아니잖아?"

절대 아니죠. 해수가 고개를 저었다. 지독하게 못생겼어요.

"사람들은 모두 이기기를 원해. 그게 참 우스워. 동물들은 그러지 않아. 눈앞에 있는 경쟁자만 이기고 오늘의 먹이를 차지하면 그만이야. 배가 부르면 공격하지 않지. 그런데 인간들은 안 그래. 인간들은 다 이겨야 해. 한 번도 본 적 없는 사람도 쉽게 미워해. 이름이랑 얼굴을 몰라도 그의 불행을 바라지. 그러니 자신이 이름을 지어 주고 얼굴을 물려준 자식에 대해서는 그 못난 감정이 얼마나 심하겠니."

됐어, 이제 많이 나아졌다. 미희가 자신의 어깨를 주무르는 해수의 손을 붙잡아 내렸다.

"나도 매일 이기기를 원해."

미희가 말하자 해수가 눈을 동그랗게 떴다.

"할머니는 그런 것 같지 않은데요. 좋은 사람이잖아요."

"아니, 전혀 그렇지 않아. 속이 온통 썩었어. 안 그런 척할 뿐이지. 내가 말했잖아. 자식들이랑은 연락도 안 한다고."

그때 복도 끝에서 인기척이 들려왔다. 연림이 일을 마치고 내려온 모양이었다. 미희가 살짝 웃었다.

"자식들이 떠나고 나서야 이긴다는 기준을 다르게 잡으려고 노력했어."

흥얼흥얼, 연림이 부르는 노랫소리가 점점 가까워졌다.

"남들이 아무리 졌다고 손가락질해도, 내가 이겼다고 생각하려 했지. 그건 아주 어렵고 아주 오래 걸리는 일이야. 그렇지만 어차피……."

드르륵 문을 열리더니 연림이 들어왔다. 미희가 팔을 쭉 뻗고는 큰 소리로 외쳤다.

"어차피 인생은 엄청 기니까 뭐든 배울 수 있는데! 그치, 연림 씨?"

우리가 무슨 이야기를 했는지도 모르는데, 연림은 대체 뭐라고 대답할까? 해수가 고개를 쭉 빼고 바라보자 연림은 아무렇지도 않다는 듯 이렇게 말했다.

"살아만 있으면 다 할 수 있지."

*

"일어나라고, 너!"

어떻게든 진솔의 몸을 잡아 일으켜 세우려고 하던 해수는 무언가 이상하다고 느꼈다. 아무리 몸에 힘이 빠졌다고 한들 이렇게 바닥에 붙어 있을 수는 없었다. 진솔은 마치 자석처럼 계속해서 바닥으로 미끄러져 붙었다. 해수가 알던 얇실하고 작은 진솔의 몸과는 사뭇 달랐다.

"……유령."

"뭐?"

"유령들이 내 다리를 잡고 있어. 못 움직이게, 바닥에 붙이려고. 학교가 무너질 때 같이 묻어 버리려고."

해수는 그때까지 유령의 존재를 까맣게 잊고 있었다. 습격이 시작되고 통로에서 사진들을 마주한 이후로, 해수의 눈에는 유령이 보이지 않았기 때문이다. 영혼들이 지켜 주고 있을 수도 있었고, 해수 자신이 강해졌는지도 몰랐다. 그러나 진솔은 그렇지 않았다. 해수는 자신이 조금 미워지려고 했다. 잠시 자기 눈앞에 보이지 않는다고 해서 진솔의 눈에도 보이지 않을 거라 여겼다니. 진솔도 괜찮을 거라 여겼다니.

하지만 자신마저 자신을 미워할 수는 없었다. 미희의 말을 떠올렸다.

228

이번에는 이기는 사람이 되고 싶어요. 해수는 생각했다. 좋은 쪽으로 이기는 사람이 되고 싶어요.

"막아 줄 수 있어."

숨이 찼다. 자신이 무슨 말을 하는지도 몰랐지만, 해수는 계속 입을 열었다. 자꾸만 잠이 들려는 동료를 필사적으로 막는, 눈 덮인 산 위의 조난자처럼.

"나는 유령, 그따위 거 이제 보이지 않아. 그거 아무것도 아니야. 해코지만 하려고 들지. 내가 업어 줄게. 일단 나가자."

연림의 말이 기억나 그대로 따라 외쳤다.

"살아만 있으면 다 할 수 있다고, 야!"

진솔이 고개를 젓고는 속삭였다.

"뭘 그렇게 힘들게 싸우려고 해. 나 오늘 너무 힘들었다. 그냥 버려두고 가라, 응? 나 좀 쉴래."

해수가 진솔을 아주 조금이라도 덜 알았다면 그 말이 오롯이 진솔의 생각에서 나왔다고 여겼을지도 모른다. 아이들이, 학부모들이, 선생들이 외치던 말이 100퍼센트 온전한 그들의 가치관에서 나왔다고 믿었던 것처럼.

그러나 해수는 진솔을 잘 알았다. 마치 옷감을 짜듯, 아주 얇은 실낱 한 줄기 한 줄기가 모여 어느 순간 눈에 선명히 드러나는 면을 이루듯, 매일 똑같은 시간을 보내고 말하고 함께 움직이면서 만들어 온 앎이 있었다. 누가 전해 줄 수도, 가르처 줄 수도 없는 것이었다. 그리고 그간 만들어 온 시간으로는 몸을 감싸 안을 수 있었다. 조금 시간이 걸리고, 바늘에 손을 수차례 찔리겠지만.

해수는 주머니를 뒤져 빗을 꺼내 들었다. 침을 꿀꺽 삼켰다. 작은 자해는 수없이 했으나 이렇게까지 마음을 단단히 먹은 것은 처음이었다. 살면서 자신이 이런 행동을 하리라고는 단 한 번도 상상해 본 적이 없었다. 그러나 지금까지 걸어온 길을 되짚어 보면 다 마찬가지, 모두 처음이었다. 사람들과 함께 학교에서 시위할 마음을 먹은 것도, 유령을 본 것도, 살고 싶지 않게끔 만드는 누군가를 저주한 것도, 집을 나와 다른 곳에서 살아 본 것도, 좋아하는 무언가를 하며 돈을 번 것도, 자신에게 주어지지 않은 것을 스스로 얻기 위해 누군가 규칙을 어기는 것을 방관하거나 도운 것도, 그리고 누군가를 자신보다 더 아껴 본 것도.

"미안해, 정진솔. 약속을 어겨서."

그러고는 교복 치마를 무릎 위로 걷어 올린 후 팔을 치켜들었다.

31

해수는 진솔에게 보여 주고 싶었다. 유령들이 아무리 진솔과 해수를 이기려고 발악해도 결국엔 안 될 거라고. 해수 자신이 한 수 위라고. 유령들이 살아서도, 사라져서도 할 수 없던 걸 해수 자신은 진솔을 위해 할 수 있었으니까.

치마를 허벅지까지 걷은 다음, 자신이 한때 몰래 찔렀던 곳에 빗을 힘껏 내리꽂았다. 어떻게 해야 자국으로 안 끝나고 선명한 피가 흐를지 알고 있었다.

"미쳤어, 너?"

진솔이 벌떡 일어났다. 날카롭게 갈아 놓은 손잡이 끝에서 피가 뚝뚝 떨어졌다. 생각했던 것보다 조금 더 아프네. 해수는 속으로 중얼거렸다. 그리고 콧등에 점이 있고 교정기를 낀 채 환히 웃고 있던 어느 선배의 얼굴과 그 죽음의 이유를 떠올렸다. 그 선배는 얼마나 아팠을까.

"너, 봐 봐. 일어섰네."

해수가 말했다. 진솔이 눈을 깜박거리며 우뚝 선 자신의 다리를 내려다보았다. 푹 젖은 진솔의 교복에서 물이 주르륵 떨어졌다.

"뭐야, 유령이니 뭐니, 약한 척하더니."

해수가 웃었다.

"이제 나 좀 부축해 줄래? 아프다, 야."

"웃기시네. 옛날엔 잘만 걸어 다녔으면서."

"엄청 세게 찔렀단 말이야."

"바보같이……."

진솔은 해수의 손에서 빗을 빼앗은 뒤 바닥으로 던져 버렸다. 물에 둥둥 뜬 빗이 둘의 다리 사이를 천천히 움직였다.

"다시 가져올 생각 같은 건 하지도 마."

해수를 부축하던 진솔이 말했다. 해수는 잠시 뒤돌아 빗을 보았다가, 그대로 진솔의 힘에 이끌려 갔다. 진솔은 계속 걸어가면서 중얼거렸다. 너 이렇게 더러운 물이 많은 데서 그렇게 상처를 냈다가 덧나면 어쩌려고. 진짜, 내가 정말 속 터져서 못 살겠어…….

"이제 다신 안 그럴 거니까 한 번만 용서해 줘."

해수가 웃으며 진솔의 말을 가로막았다.

"나 이제 빗 같은 거 안 가지고 다닐 거야. 아예 머리를 싹
둑 잘라 버리지 뭐."

진솔이 해수를 데리고 운동장에 나왔을 때, 운동장은 완전
히 만원이었다. 시위대, 외고 학생들, 급식 조리사들, 청소 용
역들, 행정실 직원들까지 모두 나와 있었다. 선생들도 있었다.
외고 선생과 정보고 선생 모두. 그들은 서로 보이지 않는 벽이
있는 것처럼 따로따로 무리 지어 있었다. 턱을 덜덜 떨며 저들
끼리 모여서 낮은 목소리로 대화하는 중이었다.

진솔은 연림을 보자마자 고자질하기 시작했다. 제가 환장
해요, 정말 못 살겠어요. 흥 지면 맨날 긴 바지만 입고 다닐 거
냐고요. 나랑 캐리비안 베이 안 갈 거냐고요. 수영복 안 입을
거냐고요.

"뭐, 흥 지면 전신 타이즈 입고 가야지. 쪽팔린다고 버리기
없어."

해수의 대답에 손바닥이 등짝으로 날아왔다. 진솔인 줄 알
았는데 연림의 손이었다. 어찌나 매운지 정신이 번쩍 들었다.

"진짜 내가 못 산다."

"이기려고 그랬죠."

"뭐가 이겨, 이기긴! 이렇게 다쳐 놓고!"

"제가 이겼다고 생각하면 이긴 거예요. 미희 할머니가 그랬는데."

연림이 미희에게로 고개를 홱 돌렸다. 미희가 먼 곳을 보며 말했다. 아니, 뭐……. 내가 뭐 이런 말도 하고 저런 말도 하고, 그랬나 보다……. 연림 씨도 알잖아. 나 평소에도 헛소리 많이 하는 거…….

학교 꼭대기에 붙어 있던 현판이 떨어지고 있었다. '국가의 희망, 선도하는 서원재단'이라는 문구가 바닥으로 곤두박질치더니 산산조각 났다. 학생들이 비명을 질렀다.

사이렌 소리는 울리지 않았다. 한 시간을 기다려도 아무 소식이 없었다. 경찰도 구급차도 보이지 않았다. 건물이 무너질지도 모르는데 다들 얼이 빠졌나. 연림과 미희는 주변을 둘러보았다. 외고 학생들은 시험 때문에 전원 핸드폰을 제출한 상태였기에 초초한 듯 손톱만 물어뜯으며 울고 있었다. 시위대는 명색이 시위대이니만큼 앞장서서 공권력 부르기를 주저했다. 연림과 미희 각자의 동료들은 윗선에서 하달된 지시가 없이는 그 어떤 신고도 하기 힘들었다. 그렇다면, 남은 집단은 선생들뿐인데…….

"빌어먹을. 입 맞추고 있네."

조용히, 그러나 태연하게 선생 무리를 염탐하고 돌아온 미희가 욕을 뱉었다. 학생과 교직원의 눈에 띄지 말라는 명령 아래 깔린 미희의 존재는 이런 순간에까지 눈에 보이지 않는 것일까, 하고 연림은 중얼거렸다. 선생들 중 아무도 미희에게 눈길 한 번 주지 않았다. 이렇게 밝은 대낮에, 이토록 넓은 운동장에서도.

"저기!"

갑자기 미희가 시위대를 향해 고함을 질렀다. 시위대가 미희에게로 고개를 돌렸다. 외고 학생들도 마찬가지였다. 미희 옆에 서 있던 연림은 이 모습을 보자 한결 마음이 나아지는 것을 느꼈다.

"여기, 이제 붕괴 위험 신고해도 될까요!"

미희가 소리치자 시위대가 확성기에 대고 대답했다.

"감사합니다! 제발 해 주세요!"

곧 경광등을 번쩍이는 차들이 연이어 도착했다.

에필로그

    학교는 무너지지 않았다. 서원재단의 이야기는 반짝 세간의 이목을 끌었다. 함께 시위하던 선배 한 명이 영상 촬영과 편집 일을 했기 때문이다. 선배는 혼란스러운 와중에도 영상으로 모든 상황을 기록했다. 시위하는 내내 아무도 몰랐던 사실이었다. 선배는 시위 영상을 여러 방송국 프로그램과 시사 유튜브 채널에 보냈고 몇 군데에서 방영이 되었다. 그러나 가장 큰 반응을 보인 곳은 공포 체험 전문 유튜브 채널들이었다. 그들은 더 심한 미공개 영상이 있다는 것을 귀신같이 알아채고는 금액을 올리며 영상을 요구했다. 그리고 선배가 응답하지 않자 몇 번을 더 들이대다가 쌍욕을 날렸다. 선배는 그 욕설을 단톡방에 캡처해 올리며 말했다. 세상 참 요지경이에요, 그렇지 않습니까, 하면서.

학교가 어떻게 될지는 아무도 몰랐다. 모든 집기가 엉망이 되었으니 일단은 인근 학교들에 남는 교실이나 다용도실을 빌려서 그쪽으로 등교하도록 조치했다. 그러니 학생 관리가 제대로 될 리가 없었다. 외고 측 학부모회는 붕괴 위험이 있는 건물에 학생들을 등교시킬 수 없다는 강경한 입장을 표했다. 그리고 정보고 학부모들에게도 함께할 것을 요청했다. 인원이 더 필요해서였을 수도 있고, 외고 재학생을 향해 조금 더 나빠진 여론을 무마하기 위한 전략적 접근일 수도 있었다. 정보고 학부모들은 콧방귀를 뀌었다. 정보고는 멀쩡했으니까. 이상한 비 같은 건 오지도 않았으니까.

연림은 일터를 잃고 가사 관리사가 되었다. 요일마다 다른 가정집을 전전하며 청소를 했다. 때로는 아기를 맡아 돌보는 베이비시터 일도 했다. 아기들은 귀여웠지만 끔찍했고, 아기들의 손위 형제들은 연림에게 영어로 말을 걸었다. 연림이 대답을 하지 않으면 이렇게 물었다. 할머니 바보예요? 그러면 연림은 웃으며 말했다. 그래, 내가 너희를 이겨 봤자 무슨 소용이 있겠니.

미희는 아직까지도 눅눅한 냄새가 나는 외고 부지 청소 업무를 맡게 됐다. 어차피 사람도 없는데 적당히 관리만 하면 된다고 업체 소장은 말했다. 세상은 언제나 더 나쁜 방향으로 흘러가지. 미희는 코를 훔치며 중얼거렸다. 그러니 양팔 저울 위에 선 사람들이 세상의 반대 방향으로 오르막을 올라가 접시에 선 다음 균형을 맞춰야 하는데, 자꾸만 무거운 쪽으로 굴러 떨어지려 한단 말이야. 버티는 게 힘이 드니 편하게 내리막으로만 가려 하는 거지. 다 같이 나쁜 방향으로, 다 같이.

그래도 진솔과 해수를 만날 때는 그런 속내를 비치지 않으려 노력했다.

진솔과 해수는 함께 전학 수속을 밟으려 했으나, 우습게도 서원정보고에서 일반계 고등학교로 전학하는 것은 거의 불가능에 가까웠다. 서원외고에서 가는 건 쉬웠는데도. 참 이상한 일이었다. 해수는 고민 끝에 자퇴를 선택했다. 진솔도 해수를 따라 자퇴서를 냈다. 일단 해를 넘긴 후 다시 새로운 학교에 1학년으로 재입학할지, 아니면 아예 검정고시를 볼지 결정하기로 했다.

이렇게 자퇴하고 사라지면, 우리는 지는 걸까?

둘이 나란히 누워 그런 질문을 주고받을 때마다 귀신같이 연림이나 미희, 혹은 시위에 참여했던 누군가로부터 전화가 걸려 오고는 했다.

"부모님은?"

바깥에서 파도 소리가 들려왔다. 아닌가, 바람에 움직이는 댓잎들이 서로를 만지는 소리인가.

둘은 같은 교복을 입고 있었다. 남색 넥타이에, 검은색 재킷. 치마는 잔잔한 체크무늬였다.

"가출하셨어요."

진솔이 먼저 말했고, 해수가 옆에서 고개를 끄덕였다.

"그러면 보호자는 자기 자신이고?"

처음 본 담임이 물었다. 학교에 진솔과 해수처럼 혼자인 아이들이 종종 있다고 들었는데, 역시나 별로 놀라지 않는 눈치였다.

"아니요."

진솔이 고개를 저었다. 해수가 진솔의 손을 잡으며 대신 대답했다.

"저희는 서로가 보호자예요."

그러고는 말을 이었다.

"음, 만약 성인 보호자가 반드시 필요하다면, 있긴 해요. 근데 여기에는 없고요, 서울에 계셔요."

담임이 고개를 끄덕이며 교무수첩을 펼쳤다. 그러더니 물었다.

"앞으로 뭘 하고 싶니?"

조금 당황스러운 질문이었다. 진솔과 해수는 서로를 멀뚱멀뚱 바라보았다. 담임은 아무 말 없이 기다렸다. 조금 시간이 지나고 진솔이 먼저 입을 열었다.

"장래 희망…… 같은 걸 말하는 거예요?"

아마 대안학교 선생이란 정체성 때문에 유튜브 크리에이터라 말해도 비웃진 않겠지만, 이미 한 번 비웃음을 산 꿈을 다시 말하는 건 쉽지 않았다. 해수의 표정 역시 진솔 자신 못지않게 막막해 보였다.

"맘대로. 물론 내일 일어나면 바뀌고 모레엔 또 바뀌고, 스무 살, 마흔 살이 되어도 바뀌는 게 장래 희망이긴 하지만."

"마흔 살에 장래 희망이 있어요……?"

진솔이 다시 물었다. 담임이 고개를 끄덕이고는 대꾸했다.

"내가 마흔하나에 이 학교 선생님이 되었는걸?"

"스무 살에 대학 가고 취직하면…… 그러면 끝나는 거 아니었어요?"

이번에 물은 것은 해수였다. 그러자 담임이 말했다. 아니, 뭐 이렇게들 늙은이같이 생각해? 너희 백 살까지 살 거야. 스무 살에 다 결정 내려고?

그러더니 고개를 저었다.

"그래, 내가 잘못 물어봤다. 아직도 미숙한 선생이네, 내가. 장래 희망 금지. 그거 말고, 다음 주부터 학교 오잖아. 그럼 학교에서 뭐 하고 싶은지 말해 보자."

오후 3시였다. 교정은 시끌벅적했다. 운동장에서 아이들이 티볼을 하는 소리가, 어딘가에서는 디스토션을 세게 건 기타 치는 소리가 났다. 어떤 애들은 배에 두 손을 얹은 채 박자 맞춰 아! 아! 아! 하고 고함을 지르는 중이었다. 뭘 하는 건지 해수는 통 알 수 없었다.

먼저 대답한 것은 진솔이었다.

"애들이랑 얘기해 보고 싶어요. 왜 여기 왔는지에 대해 듣고 싶어요."

담임이 고개를 끄덕이더니 교무수첩에 무언가를 끼적였다. 적을 가치가 있는 대답이었나? 진솔이 의아해하는데 담임이 뜻밖의 말을 했다.

"애들 허락 구해서 그걸 영상으로 기록해도 좋겠다, 그치? 인터뷰하는 것처럼. 진솔이가 엠씨를 보고."

"……저를 처음 보는 애가 그런 걸 해 줄까요?"

"나도 모르지 뭐. 부딪혀 보는 거지."

자신이 시키거나 도와주겠다고 말하지 않았다. 진솔은 해수 쪽으로 고개를 돌렸다. 해수는 아직도 대답을 찾지 못한 얼굴이었다. 담임도, 진솔도 기다렸다. 운동장의 요란한 소리 덕에 침묵을 견뎌야 하는 일은 일어나지 않았다. 진솔은 아! 아! 아! 하는 소리에 맞춰 발끝으로 바닥을 톡톡 쳤다. 해수가 대답하고 나면 저 애들이 뭘 하는 건지 담임에게 꼭 물어야겠다고 생각하며.

스무 번쯤 발끝으로 바닥을 쳤을 때쯤 해수의 입이 열렸다.

"저 애들 뭐 하는 거예요? 아! 아! 하고 소리치는 애들이요. 저, 저거 하고 싶어요."

대박. 진솔은 속으로 중얼거렸다. 동시에 같은 걸 궁금해했다는 사실이 못내 기뻤다.

담임이 물었다.

"뭔지도 모르는데 하고 싶어?"

"네."

"연극 연습을 하는 거야. 발성 연습."

해수는 대답했다.

"좋네요. 저도 하고 싶어요, 그런 거."

그러고는, 저 희곡 읽는 거 되게 좋아하거든요, 하고 덧붙였다.

"희곡을 읽어 봤어?"

"네. 독서 기록장 써야 했을 때요."

아, 그때. 진솔은 고개를 끄덕였다.

담임의 펜이 사각사각 소리를 내더니 곧이어 착, 하고 교무수첩이 닫혔다.

"잘 지내보자. 월요일에 오면 환영회 할 거니까 그렇게들 알고."

진솔과 해수는 일어나서 고개 숙여 인사하고는 몸을 돌렸다. 그러곤 조금 걷다가, 둘이 동시에 고개를 돌렸다.

"쌤. 뭐 좀 물어봐도 돼요?"

먼저 입을 연 것은 진솔이었다.

"쌤은 왜 여기 왔어요?"

그리고 해수의 얼굴을 보자, 진솔은 해수가 이번에도 역시 자신과 같은 걸 묻고 싶어 했다는 사실을 알아챘다. 해수가 빙긋 웃었기 때문이다. 진솔은 훤히 드러난 해수의 뒷목에 손을 대고는 중얼거렸다.

뜨끈뜨끈하고 또, 까끌까끌하다. 좋다.

해수는 자신의 뒷목에 올린 진솔의 손 위에 자신의 손을 포갰다.

간혹 내가 소설가로 전직하기 위해 외고 교사직을 그만두었다는 오해를 사곤 한다. 그런 건 아니다. 도저히 견딜 수 없어서 아무런 대책도 세우지 않은 채 사표를 썼는데, 그 후 상상하지도 못했던 적성을 운 좋게 찾은 케이스랄까. 그래서 가끔 생각한다. 몸과 마음의 건강을 볼모로 삼아 불확실한 미래의 간판을 위해 돌진하도록 채찍질하는 부류의 교육을 하지 않는 학교에 재직했다면, 혹은 '좋은 대학'이란 간판이 '더 나은 삶'으로 연결된다는 신화가 허상이라는 사실을 널리 인지한 사회에서 살았다면, 그랬다면 소설가 설재인은 존재하지 않았을 거라고.

그러나 또 상상한다. 만약 설재인이 외고 교사 채용시험이 아니라 공립학교 임용고사를 봤다면 어떻게 되었을까? 지금도 그런지는 모르겠으나 내가 대학을 졸업하던 즈음엔, 임용고사를 갓 통과한 초임교사를 무조건 교사들이 가장 기피하는 학교로, 그러니까 더 솔직히 말하자면 특성화고로 발령하는 일이 잦았다. 나는 대학생 때 교육 세미나 동아리 회장직을 2년이나 맡았는데, 졸업한 선배들이 찾아와서는 죽을상을 하며 우리에게 말하곤 했다.

"너희가 여기에서 탁상공론하는 건 아무것도 아니다. 나와서 직접 해 봐. 한국 교육은 죽었다, 죽었어."

죽은 건 선배의 올바른 교육관이겠죠, 하고 나는 속으로 말하며 입을 비죽거렸다. 특성화고만 문제인 것은 아니었다. 공립 인문계에서 근무하던 어떤 선배는 이렇게까지 말했다.

"정말로 때리고 싶다. 애들을 엎드려뻗쳐 시켜 놓고 마구 때리고 싶어."

어떻게 젊은 교사의 입에서, 그것도 우리 동아리 선배의 입에서 그따위 말이 나올 수가! 4박 5일이나 합숙하며 인간과 교육에 대해 토론하던 우리는 모두 기함했다.

그 당시 가장 이상주의자였고 학생이란 대상에게 사랑이 넘쳤던—현재는 인문계 고등학교에 근무 중인—친구가 최근에 내게 카톡을 보냈다. '모든 게 다 증오스러워. 애들까지도. 네가 부러워. 나도 나갈 용기가 있었으면 좋겠다'라고.

한낱 개인인 내가 원인을 다 간파하고 해결책까지 제시할 수 있을 정도로 쉬운 문제였다면 이런 일들이 벌어지지도 않았을 터이다. 그러나 해결책을 생각하기 이전에, 우리 사회에서 제대로 다뤄진 일조차 극히 드물다. 너무나 거대한 키메라 같은 문제라서, 어딜 보든 전체를 조망하는 게 불가능하기에 차라리 그냥 무시해 버리고 마는 것이다! 키메라가 있든 말든 다들 잘 크고 잘 산다고 합리화하며 눈을 감는 것이다. 그래서 모른다. 밤이 되면 키메라가 쿵쿵 돌아다닌다는 사실을, 그리고 그 발에 밟혀 죽는 아이들이 생각보다 훨씬, 아주아주 훨씬 많다는 사실을. 뉴스에 나오는 건 티끌만큼도 되지 않는다는 사실을.

그러니 우리는 전체를 파악할 수는 없더라도 일단 키메라의 다리를, 꼬리를, 배와 눈과 귀를 각자 보아야 한다. 그리고 그것들을 모아야 한다. 그러면 알게 될 테다. 키메라가 다음엔 어디로 이동할지, 그렇다면 아이들을 어디로 대피시켜야 할지. 그리고 키메라가 언제 약해지는지, 어딜 찔러야 쓰러뜨릴 수 있는지. 이런 것들을.

이 소설도 어쩌면 키메라의 발톱 정도를 관찰한 기록에 불과할 터이다. 그럼에도 해야 한다. 제아무리 좋은 결말이 요원해 보일지라도.

소설을 퍽 열심히 쓰고 세상에 내보내는 일은 대부분이 마냥 즐거웠지만, 이 소설을 쓸 땐 그렇지 않았다. 그럼에도 이 이야기를 내가 해야 가장 현실적일 거라는 허황된 믿음이 있었기에 끝을 맺을 수 있었다. 그리고 이런 이야기를 세상에 내보냈으므로, 이후로는 절대 내 이야기를 거역하는 방향으로 살아서는 안 된다는 강박이 하루하루를 지배할 것이다.

……아마 그래서 덜 타락한 인간이 되지 않을까 기대하는 측면도 분명 있다. 그러니 부디 나와 가까워져서, 이후 내가 잘못 사는 것 같다면 제발 말해 주기를. 이 소설의 젊은 독자들에게 바란다.

설재인

딜리트

초판 1쇄 발행 2023년 6월 30일
초판 2쇄 발행 2024년 4월 25일

지은이 설재인
펴낸이 김선식

부사장 김은영
콘텐츠사업본부장 임보윤
책임편집 김정택   **디자인** 권예진   **책임마케터** 이고은
콘텐츠사업10팀장 김정택   **콘텐츠사업10팀** 이슬
마케팅본부장 권장규   **마케팅2팀** 이고은, 배한진, 양지환   **채널2팀** 권오권
미디어홍보본부장 정명찬   **브랜드관리팀** 안지혜, 오수미, 김은지, 이소영
뉴미디어팀 김민정, 이지은, 홍수경, 서가을, 문윤정, 이예주
크리에이티브팀 임유나, 박지수, 변승주, 김화정, 장세진, 박장미, 박주현
지식교양팀 이수인, 염아라, 김혜원, 석찬미, 백지은
편집관리팀 조세현, 김호주, 백설희   **저작권팀** 한승빈, 이슬, 윤제희
재무관리팀 하미선, 윤이경, 김재경, 이보람, 임혜정
인사총무팀 강미숙, 지석배, 김혜진, 황종원
제작관리팀 이소현, 김소영, 김진경, 최완규, 이지우, 박예찬
물류관리팀 김형기, 김선진, 한유현, 전태환, 전태연, 양문현, 최창우
외부스태프 교정교열 유혜림   일러스트 김산호

펴낸곳 다산북스   **출판등록** 2005년 12월 23일 제313-2005-00277호
주소 경기도 파주시 회동길 490
전화 02-704-1724   **팩스** 02-703-2219   **이메일** dasanbooks@dasanbooks.com
홈페이지 www.dasan.group   **블로그** blog.naver.com/dasan_books
종이 신승지류유통   **인쇄** 상지사   **후가공** 제이오엘앤피   **제본** 상지사

ISBN 979-11-306-4423-3 (43810)

- 책값은 뒤표지에 있습니다.
- 파본은 구입하신 서점에서 교환해 드립니다.
- 이 책은 저작권법에 의하여 보호를 받는 저작물이므로 무단 전재와 복제를 금합니다.

다산북스(DASANBOOKS)는 독자 여러분의 책에 관한 아이디어와 원고 투고를 기쁜 마음으로 기다리고 있습니다.
책 출간을 원하는 아이디어가 있으신 분은 다산북스 홈페이지 '투고 원고'란으로 간단한 개요와 취지, 연락처 등을
보내주세요. 머뭇거리지 말고 문을 두드리세요.